हिन्द पॉकेट बुक्स

डेरेवाले

शैलेश मटियानी आधुनिक हिन्दी साहित्य-जगत में नयी कहानी आन्दोलन के दौर के कहानीकार एवं प्रसिद्ध गद्यकार थे। उन्होंने *बोरीवली से बोरीबन्दर* तथा *मुठभेड़*, जैसे उपन्यास, *चील*, *अर्धांगिनी* जैसी कहानियों के साथ ही अनेक निबंध तथा प्रेरणादायक संस्मरण भी लिखे हैं। उनके हिन्दी साहित्य के प्रति प्रेरणादायक समर्पण व उत्कृष्ट रचनाओं के फलस्वरूप आज भी उत्तराखण्ड सरकार द्वारा उत्तराखण्ड राज्य में पुरस्कार का वितरण होता है।

डेरेवाले

शैलेश मटियानी

हिन्द पॉकेट बुक्स
पेंगुइन रैंडम हाउस इम्प्रिंट

हिन्द पॉकेट बुक्स

यूएसए। कनाडा। यूके। आयरलैंड। ऑस्ट्रेलिया। सिंगापुर
न्यू ज़ीलैंड। भारत। दक्षिण अफ्रीका। चीन

हिन्द पॉकेट बुक्स, पेंगुइन रैंडम हाउस ग्रुप ऑफ़ कम्पनीज़ का हिस्सा है, जिसका पता global.penguinrandomhouse.com पर मिलेगा

पेंगुइन रैंडम हाउस इंडिया प्रा. लि.,
चौथी मंजिल, कैपिटल टावर -1, एम जी रोड,
गुड़गांव 122 002, हरियाणा, भारत

पेंगुइन
रैंडम हाउस
इंडिया

प्रथम हिन्दी संस्करण हिन्द पॉकेट बुक्स द्वारा 1980 में प्रकाशित
यह हिन्दी संस्करण हिन्द पॉकेट बुक्स में पेंगुइन रैंडम हाउस द्वारा 2022 में प्रकाशित

10 9 8 7 6 5 4 3 2

इस पुस्तक में व्यक्त विचार लेखक के अपने हैं, जिनका यथासंभव तथ्यात्मक सत्यापन किया गया है, और इस संबंध में प्रकाशक एवं सहयोगी प्रकाशक किसी भी रूप में उत्तरदायी नहीं हैं।

ISBN 9789353493189

मुद्रकः रेप्रो इंडिया लिमिटेड

www.penguin.co.in

MIX
Paper from responsible sources
FSC www.fsc.org FSC® C047271

This is a legitimate digitally printed version of the book and therefore might not have certain extra finishing on the cover.

हजारों वर्षों से परंपरागत पेशे से विद्रोह करने के बाद आखिर जीने के लिए और क्या व्यवस्था हो सकेगी? प्रश्न सिर्फ आर्थिक व्यवस्था भर का ही तो नहीं है। एक सांचे में ढले हुए मानसिक संस्कारों से मुक्त होकर रोजी-रोटी का सिलसिला बना सकने की गुंजाइश कहां है?

पीढ़ियों से उपेक्षित और उत्पीड़ित वर्ग की व्यथा-कथा···

डेरेवाले

डेरेवाले

लक्ष्मेश्वर पार करते ही उन्हें लगा कि घर की सरहद शुरू हो गई है।

हाथों में कपड़ों का पुलिन्दा था। एक डिब्बा मिठाई भी। पान भी लगवा ले आए थे। विवाह के इतने लम्बे अंतराल के बाद भी लीलावती और अपने बीच के अंतराल को पाटने की यह सारी मानसिक तैयारी किस तरह एक बोझ की तरह लदी रहती है।

लीलावती उन्हें, शायद, झुकाना चाहती है। उनके चेहरे और आंखों में पश्चात्ताप का विषाद और भाषा में इस बात की स्वीकृति देखना चाहती है कि सही वह थी। धार्मिक और सांस्कृतिक मायके में से उनके घर आकर, उसने कृतार्थ किया था।

जैसे अंधेरे में उड़ते हुए पक्षियों को सुनाना चाहते हों, रेवाचरन ने सोचने की कोशिश की कि सामान्य विनय में से लीलावती के दर्प से पार पाना कठिन ही है। जितनी वह अपेक्षा करती है, उतना झुकने पर भी उसके प्रति प्यार और राग बनाए रहना उनके लिए सम्भव नहीं होगा। कितनी मामूली-सी दीवार है, लेकिन उसके आर-पार जाना कितना मुश्किल !

मुख्य सड़क पर से नीचे, घर की दिशा में उतरने के लिए टार्च जलाया, तो लगा, अपने भीतर का रास्ता भी ऐसे ही टोहना है। रोशनी का घेरा काफी छोटा है और अंधेरा आर-पार तक फैला लगता है।

शारदाचरणजी भागवत्-पाठ में लगे थे। खिड़की के पार की रोशनी में उनका

आध्यात्मिक आलोक में डूबे होने की सी मुद्रा साफ-साफ दीख रही थी। आंगन में पहुंचकर, रेवाचरन ने सामान हरीश के हाथों में पकड़ा दिया, "मांजी को दे आओ।"

अपने-आपको व्यवस्थित करते हुए, धीमे कदमों से ऊपर, पिता वाले कमरे में पहुंचे।

"आ गया, रेवा!" उन्होंने पीठ किए ही आवाज दी, "आजकल कृष्ण पक्ष है, बेटे! जरा समय से लौट आया करो। तुम्हारी कौन हलवाइयों-बिसातियों की दुकान है। घर में सब आंख-कान लगाए रहते हैं।"

रेवाचरन कहने को हुए कि 'वो तो, बाबू, सिर्फ आप ही लगाए रहते होंगे मेरे वापस पहुंचने की चिंता, औरों को मुझसे क्या वास्ता है।'···लेकिन कहने की व्यर्थता का अनुमान लगाकर चुप रह गए।

"बाबू, प्रसाद लेने आया था।"

"तु तो मुझे सिर्फ यह विश्वास दिलाने आता है कि तू गलती पर नहीं है। ···और शायद, यह कि मैं तो तुझे गलत नहीं समझता हूं। मेरे मन में तुम सभी के लिए सिर्फ प्रार्थना है, रेवा!"

शारदाचरणजी ऐसे बोल रहे थे, जैसे देवप्रतिमा को संबोधित कर रहे हों। उनके शब्द पीठ पर की त्वचा में से उगते हुए प्रतीत होते थे।

"सुबह तुम बिना खाए चले गए थे?"

"वो···वो ऐसा है, बाबूजी···"

"ऐसा-वैसा कुछ नहीं है, रेवा! आ, इधर थोड़ा मेरे नजदीक बैठ जा। बात ये है कि जब तक तार न मिलें, सुर सधता नहीं है। स्त्री-पुरुष का संबंध कोई सामान्य संबंध नहीं है, बेटे! ···और उन लोगों के लिए तो खास तौर पर नहीं, जो स्त्री से अपने लिए देवदुर्लभ किस्म की वस्तुएं चाहते हैं। कुछ नहीं है, दोष कहीं नहीं है। लीलू बेटी को भी मैं दोष नहीं देता हूं। वह अपने भीतर की दुनिया को तुझपर पहाड़ की तरह लादना चाहती है। तू अपनी मां पर गया है। प्यार से दिया पत्थर तू सह लेगा, अहंकार से दिया फूल नहीं। मैं अपनी बुझती आंखों से सब देख रहा हूं, बेटे! ···और मेरे पास प्रार्थना के अलावा और कोई उपाय नहीं है। मैंने खुद को अपने ही हाथों अपंग कर लिया है।"

अंतिम वाक्य उन्होंने काफी धीमे स्वर में कहा था।

"आप तो कहते हैं कि जीवन परमपिता का प्रसाद है। प्रार्थना आप करते हैं, ठीक है, पश्चात्ताप न किया कीजिए।"

"झगड़ा-टंटा तो घर-गृहस्थी में लगा है, रेवा! घर से भूखे न निकला कर। अन्न को त्यागना ठीक नहीं। इधर तुम्हारी मां फिर सपने में आई थीं···"

"मां के सपने में आने से आपकी वेदना बढ़ती है, बाबू! लिली के आगे मां का भी वश चलेगा नहीं।"

एकाएक ही शारदाचरण पलटे। दायें हाथ की हथेली आगे बढ़ाई, "ले, प्रसाद ग्रहण कर। जैसी हरि इच्छा होगी।"

पिता के पास से वापस आकर, रेवाचरन सीधे अपने कमरे में चले गए। उनके सांकल खोलने की आवाज गहरी होती रात के सन्नाटे में काफी देर गूंजती रही। लैम्प जलाने के बाद, रेवाचरन यों ही मेज पर पड़ी पुस्तकों को पलटने लगे।

"दद्दा, खाना···"

देखा, हरीश थाली लिए खड़ा था। बोला, "आज मामाजी भी आए हैं!"

"बड़ी देर तक तेरा रास्ता देखता रहा घनश्याम। कह रहा था, रेवा भैया के साथ ही जाऊंगा। फिर गिरीश हौरां के साथ निकल गया है। और तुम सुबह बिना भात खाए निकल गए। मुझे बताया भी नहीं। बच्चों वाले घर में नेकी-बदी फैलते देर नहीं लगती। लोग तो मुझे नाम रखेंगे कि सौतेली मां हूं। अब लिली बहू के तुम्हारे बीच में जाने क्या तकरार हुई, मुझे क्या पता। तुम्हारे बाबू तो सारा असंतोष मेरे सिर पर झाड़ते हैं। गरीब घर की कन्या न होती तो, भैया, आज ये दिन मुझे क्यों देखने होते।"

रेवाचरन ने दरवाजे की ओट में खड़ी इलावती बहू को देखा नहीं था। वह एक सांस में सारी बातें कहकर, प्रतीक्षा में खड़ी थीं। उन्हें सुझा नहीं कि क्या उत्तर दिया जा सकता है। इलावती की उपस्थिति के दबाव से बचने के लिए, रेवाचरन ने हरीश के हाथ से थाली ले ली और भोजन करने की तैयारी

में दिखने लगे।

"जरा, जूते-मोजे उतार लेते, रेवा!" इलावती बहू ने कहा, तो रेवाचरन ने खिसियाहट में थाली मेज पर रख दी और मेज के नीचे रखा पानी का लोटा उठाकर, बाहर सीढ़ियों पर चले आए। जूते-मोजे उतारकर, हाथ-पांव धोने तक उनकी आंखें सिर्फ अपने में लगी रहीं। इलावती बहू का वापस लौट जाना उन्होंने सिर्फ इस बात से जाना कि 'हरीश रे, दद्दा के लिए दूध का गिलास भी लेते जाना' की गुहार इलावती बहू ने रसोईघर के बाहर पहुंचकर लगाई, "मेरे ध्यान से तो अब आखिरी शो छूटने का वक्त हो गया होगा।"

रेवाचरन ने यंत्रचालित की तरह हाथ पलटा, लेकिन कमरे से बाहर तक आती मद्धिम रोशनी में समय ठीक-ठीक दिखा नहीं। अन्दर आए, अभी सिर्फ साढ़े दस ही बजे थे।

अनमने ढंग से खाते हुए, यह अहसास उन्हें लगातार खिन्न किए रहा कि इलावती बहू ने कुल मिलाकर यह बताना चाहा है कि उनका रात देर का लौटना इस बात का प्रतीक है कि लीला से उन्हें कोई सरोकार नहीं। कमरे में आकर भी उन्होंने जिक्र नहीं किया था कि कौन-सी धोती लीला के लिए लाए हैं, कौन-सी उनके लिए।

कमरा काफी बड़ा था। लीलावती का कमरे में आना, दरवाजा बंद करना और चुपचाप अपनी चारपाई पर जा लेटना उन्होंने जैसे अपने शरीर को रोम-रोम से अनुभव किया। एक बार को उन्होंने निश्चय किया कि वार्ता की पहल करें, लेकिन फिर चुपके से उठकर, लैम्प बुझाया और सो गए।

काफी देर तक अनिद्रा को अपने चारों ओर छाया की तरह मंडराते महसूस करने के बाद, उन्हें झपकी लगी ही थी कि लीलावती के सिसकने की लय का तेज होते जाना उनके इर्द-गिर्द बरसात के पानी की तरह भर आया और वह लगभग चीख-से उठे, "क्यों ये सारा नाटक करती हो, भागवान!"

अपनी तेज आवाज खुद उन्हें ही तकलीफदेह लगी। अपने कानों को

उन्होंने किसी विपदा के टूट पड़ने की सी आवाज सुनने के इंतजार में साध लिया, लेकिन पाया कि लीलावती अंधेरे में जैसे एकबारगी पहले बर्फ की तरह जमी और फिर तेज हवा के झोंके की तरह, सांकल खोलती कमरे के बाहर निकल गई।

रेवाचरन समझ गए कि सास के कमरे में चली गई है।

सुबह पहले दिन से भी जल्दी रेवाचरन उठ गए और घनश्याम मामा से बातें करने की स्थिति से बचने के लिए, चुपचाप बाहर निकल गए। संयोग था कि किसीने देखा नहीं। शारदाचरण पूजा पर बैठ चुके थे। क्रमबद्ध लय में घंटी बजने की आवाजें साफ सुनाई दे रही थीं।

रेवाचरन अधिकतर त्वरा में मोहल्ले की सरहद पार कर लेना चाहते थे कि सामने से पानी के कलशे भरकर लौटती स्त्रियों के झुंड में लीलावती और इलावती दोनों को देखकर, उन्हें लगा, जैसे एकाएक आंखों में धूल पड़ गई है। अनदेखा कर, आगे निकल जाने के अलावा और कुछ नहीं सूझा उन्हें। अपने चलने की आहट उन्हें छाया की तरह पीछा करती लगी और इलावती बहू का 'अब तो मुंह अंधेरे ही घर छोड़ने की नौबत आ गई है,' कहना, उन्हें अपनी पीठ पर कांच के टुकड़ों की तरह गड़ता महसूस हुआ।

मुख्य सड़क तक आते-आते, उन्होंने पाया कि गांवों में कंपकंपी भर गई है। आंखों में अनायास आंसू भर आए थे। रेवाचरन ने चुपके से आंखें पोंछी और दीवाल के सहारे, कुछ क्षणों को बैठ गए।

स्याही देवी की श्रृंखला में धूप वृक्षों की चोटियों पर प्रकाश-बेल की तरह फैल रही थी। दुकान तक आते-आते, रेवाचरन को गहरी थकान अनुभव हुई और दरवाजे का सिर्फ एक पल्ला खोलकर, भीतर आ जाने के बाद, उन्होंने उसे ऐसे बंद कर दिया, जैसे अपने पीछे-पीछे चली आती किसी बला से जान बचाना चाहते हों। काठ की सीढ़ियों पर से होते हुए, रेवाचरन ऊपर के कमरे में चले गए और बदहवासी की हालत में आलमारी खोलकर, व्हिस्की की बोतल निकाली और एक पेग से ज्यादा गिलास में डालने के बाद, बोतल रख दी।

पानी मिलाकर, गिलास उन्होंने हाथ में उठा लिया था, लेकिन पहला घूंट

भरने तक में काफी समय लग गया है, ऐसा उन्हें महसूस हुआ।

खीमसिंह के आने से पहले उठ जाने की सावधानी में ही रेवाचरन ने बिस्तर छोड़ा। हाथ-मुंह धोने, मंजन करने के बाद चाय की तलब महसूस हुई, तो कारखाना बाजार की तरफ निकल आए। चाय पीकर लौटे, तो देखा, खीमसिंह दुकान के बाहर बैठा इन्तजार कर रहा है।

खीमसिंह का देखना उन्हें ऐसा लगा, जैसे वह कहना चाहता हो कि 'कल कहीं आप यहीं तो नहीं सोए रहे, बाबू साहब !"

दुकान खोलकर, सफाई कर चुका खीमसिंह तो अलमारी में से आर० आर० निकालकर देते हुए बोले, "खीमा, जरा स्टेशन तक जाकर देख लेना। पार्सल पहुंच गए हों, शायद, कल शाम की गाड़ी से।"

खीमसिंह के जाने के बाद, रेवाचरन अखबार पढ़ने में डूब गए। थोड़ी ही देर में कुछ दुकानदार आए, तो उन्हें टाल दिया कि इस वक्त खीमसिंह नहीं है, दोपहर बाद आएं। अभी माल भी नहीं है।

अपने को, दोपहर के शुरू हो चुकने के बावजूद, एकान्त में समेट लेने की सी मानसिक खिन्नता में उन्हें पता ही नहीं चला कि श्यामा डेरेवाली उनके बिल्कुल समीप ही आ खड़ी हुई है।

"गुसांई, सेवा मानिए।" कहकर श्यामा ने माथे पर हाथ लगाकर जोहार की, तो रेवाचरन ने उसकी ओर देखा।

"क्यों, वे श्यामी ? क्या हैं आजकल तेरे हाल-चाल ? बाहर ही क्यों खड़ी है, भीतर आ जा।" उन्हें ऐसा लगा, जैसे यों ही कह बैठे हैं। गुलाबी किनारे की साड़ी में श्यामा बहुत सुन्दर लग रही थी। उसका रंग, पहनावा और बातचीत का सलीका देखकर यह कल्पना ही नहीं की जा सकती थी कि वह एक दरिद्र डेरेवाले की पत्नी है। लगभग चौबीस-पच्चीस साल की उम्र में वह अरण्य के एकांत में खिले किसी जंगली फूल जैसे तारुण्य से भरी लगती थी।

वह दुकान के भीतर आकर भी संकोच में खड़ी ही थी कि रेवाचरन ने नजदीक ही पड़ी कुर्सी पर बैठ जाने का संकेत किया। श्यामा आभार प्रकट

करती, अत्यंत मोहक ढंग से मुस्कराती बैठी, तो जाने क्यों अचानक ही उन्हें लीलावती की याद हो आई और मन एकाएक खिन्न हो गया। श्यामा की पारखी आंखों से यह छिपा नहीं। ग्रीवा को थोड़ा-सा झुकाती बोली, "हाय, गुसांई, आप एकाएक बादल में जैसे क्यों आ गए हैं?"

आगे झुक आने से ताजा खिले फूलों की आभा से भरी श्यामा की देह काफी उजागर हो आई थी। रेवाचरन ने चोर नजर डालकर, अपने-आपको संतुलित करने की कोशिश की और श्यामा की ओर एकटक देखते हुए बोले, "बादल की तरह तो, इस वक्त, मुझपर तू झुकी हुई है, श्यामा!"

श्यामा ने अत्यंत मोहक ढंग से अपना पल्लू आर-पार कर लिया, "हाय, आप तो बहुत बदमाश भी हैं!"

"क्यों, श्यामा, सिगरेट तो तू पीती है न?" पूछते हुए रेवाचरन ने सीजर की डिबिया जेब से बाहर निकाली ही थी कि कलात्मक ढंग से नाना कहते हुए श्यामा ने उनका आगे बढ़ा हाथ पीछे कर दिया। इस आकस्मिक स्पर्श को, उन्हें लगा, अपने सम्पूर्ण अस्तित्व में अनुभव किया है। रात का लीलावती बहू का अवमानना-भरा व्यवहार और सुबह-सुबह इलावती का सुनाकर, किया व्यंग्य उन्हें फिर एकाएक स्मरण हो आया।

"गुसांई, आप तो एकाएक अलोप जैसे हो जाते हैं! कहीं धुन तो नहीं लगा है?"

श्यामा का पूछना और खिलखिल हंसना, रेवाचरन पर फूल की पंखुड़ियों की तरह झरा। उनको लगा कि श्यामा की यह मोहकता उन्हें दबोच लेगी। दोपहर का वक्त है। जान-पहचान के लोगों की आवाजाही बनी हुई है। कहीं किसीने इलावती या लीलावती बहूजी तक इतनी-सी भी खबर पहुंचा दी कि डेरेवाली से हंस-बोल रहे थे, तो घर में तनाव और बढ़ेगा।

"अच्छा, तू कहीं चाय वगैरा पी लेना। वैसे तुझे मैंने वीर बहादुर के यहां की बैठक में तो, शायद, सिगरेट पीते देखा था? ले, इसे रख ले।" कहते हुए रेवाचरन ने पांच रुपये का नोट श्यामा की तरफ बढ़ा दिया।

नोट लेते हुए श्यामा ने धीमे से अंगुली से उनकी हथेली को कुरेद दिया,

"मेरा बैठना भारी पड़ने लगा होगा, गुसांई? ठीक भी है, बैठक में बैठी और घर-बाजार में अकेली डेरेवाली से बतियाने में फर्क होता है। कभी मेरे डेरे की तरफ आएं, तो कुछ अच्छी गजलें सुनाऊं आपको?"

"गाती तो तू खैर, बहुत सुन्दर है, श्यामा! मैं कोशिश करूंगा कि आज शाम को ही उधर देवाल की तरफ घूमने निकलूं, तो तेरी तरफ आऊं। तेरा डेरा कहां पर है?"

"काफी एकान्त में ही जैसा है, गुसांई! आप किससे पूछते फिरेंगे—मैं खुद ही संध्या को रास्ता देखती रहूंगी आपका। सेवा मानिए।"

'सेवा मानिए,' कहते हुए श्यामा जिस तरह से कुर्सी पर से उठी उसका जाना काफी देर तक वातावरण में भरा रहा। रेवाचरन ने अनुभव किया कि लीलावती बहू के व्यवहार से महसूस होने वाली अपनी खिन्नता को सहना उन्हें भारी पड़ रहा है। सामान्य मनःस्थिति में वह पहली ही एकान्त भेंट में श्यामा के डेरे पर पहुंचने की बात कह नहीं पाते।

श्यामा के काफी दूर जा चुके होने की प्रतीति में से उन्होंने सत्तार मियां की ओर देखा, दिखाई नहीं दिए।

पार्सल छुड़ाकर, डोटियालों की पीठ पर लदवाकर लाते हुए खीमसिंह को देखकर, रेवाचरन सावधान होने की सी मुद्रा में बाहर तक निकल आए।

"दो पार्सल अभी नहीं पहुंचे हैं, बाबू साहब!" कहते हुए खीमसिंह ने पार्सल उतरवाने शुरू किए, तो रेवाचरन ने अनुभव किया कि उनका मन यह तय करने में लगा हुआ है कि शाम को श्यामा के डेरे की तरफ निकलें, या नहीं।

2

और दिनों बाजार जाती थी श्यामा, तो कहीं पान खाती, कहीं सिगरेट पीती और कहीं चाय पीती सवेरे की गई सांझ को लौटती थी। आज रेवाचरन की दुकान से बाहर निकलते ही सीधे घर की दिशा पकड़कर लौट आई थी। रास्ते में मोतिया धारा के पास नेता बांकेबिहारी लाल और ठाकुर कंचनसिंह हौलदार पानवाले की दुकान के पास पान खाते मिल गए थे। दुकान के पास तो अपने बड़प्पन के गरूर में चुप रह गए थे, मगर अगले मोड़ पर पीछे-पीछे आते हुए, खांसने-खंखारने लगे थे। और दिनों ऐसे संकेतों पर वह रुक जाती थी। शहर में दिन काटने हैं, तो शहर के रईस लोगों की दिलजोई करना बहुत जरूरी है। कीचड़ के छींटे बर्दाश्त कर लेना हर डेरेवाली की नियति है। वकील-नेता, बड़े लोग के तो सात खून माफ होते हैं।···मगर आज पांव एक ही नहीं थे। उन लोगों के खांसने-खंखारने को अनसुना करके आगे निकल जाना चाहती थी। पलटकर देखने के बाद तो बिना 'सेवा मानिए' कहे, बिना हंसे-बोले ही आगे बढ़ जाने से उनके नाराज हो जाने की आशंका थी। बड़े आदमियों से बैर मोल लेना ठीक नहीं। जिनका पेशा सांई-गुसांई लोगों का दिल बहलाकर रोजी-रोटी जुटाना हो, उनके लिए शहर के मूर्द्धन्यों की अवहेलना करके आगे निकल जाना जोखिम-भरा ही हो सकता है।

अच्छे-खासे लम्बे कद के बावजूद, औरत का चलना आखिर औरत का चलना है। उन दोनों के जूतों की आवाजों से ही श्यामा ने अनुमान लगा लिया था कि फासला कम होता जाता है।

"क्यों, श्यामी, मेनका की जैसी उड़ी कहां को भग रही है?" एकदम करीब पहुंचते हुए बांकेबिहारी ने कहा, तो अचकचाकर रुक गई, "हाय, मैंने पहचानी ही नहीं, गुसांई, आप लोगों के कदमों की आवाज! सेवा मानिए।"

"सेवा तो तू अब बड़े-बड़े पंडितों की करने लगी है!" कहते हुए लाल साहब हंसे, तो श्यामा अवाक् देखती रह गई।

"तुझको अचरज हो रहा होगा कि हाय, मेरी मुट्ठी के दाने लाल साहब ने कैसे गिन लिए? हम नेता लोगों का पेशा ऐसा है कि पूरे हिन्दुस्तान को अपनी नजर में रखना होता है। ···लेकिन मैं तुझे दाद देता हूं। आसामी तूने ठीक पकड़ा है। पण्डित रेवाचरन की खर्चनशीनी और नफीसमिजाजी मशहूर है। ···शायद, इस हकीकत को भी तू जानती ही होगी कि दोनों मियां-बीवी में पटती नहीं? तू भी तो आखिर डेरेवाली है और हुनरमन्द! ···मगर लाल साहब आंख से भी सुनते हैं श्यामी! तेरी तेज कदम चाल हम लोगों को पहचान चुकने के बाद की थी। जरा 'सेवा मानिए' कह ही लेती, तो छोटी नहीं पड़ जाती न? माना कि तेरी लम्बाई ज्यादा है और मैं कद का छोटा हूं, क्यों, ठाकुर साहब?"

अपनी बात पूरी करते हुए, लाल साहब अश्लील ढंग से हंसे, तो वह और ज्यादा खिसिया गई। प्रयत्न करके, आवाज में विनोद का पुट देती बोली, "आप तो बड़े लोग हैं, गुसांई, और बड़े लोगों की गरुड़ पक्षी की आंख होती है। दिखने लायक भी दिखता है, न दिखने लायक भी। ···और छोटा कद बुरा कहां होता है, गुसांई? कपड़ा भी कम लगता है, ले जाने वालों को भी आसानी रहती है।"

श्यामा खिलखिलाई, तो लाल साहब का चेहरा थोड़ा-सा सख्त हो आया।

"डेरेवालियों के कहे-सुने का बुरा नहीं मानते, गुसांई!"

"खैर, मैं तो तुझे दाद देता हूं।"

"और दाद देने को कोई ठौर नहीं मिला, लाल साहब? खैर, शादी तो आपने की ही नहीं। अब इस वक्त चलूं क्या, गुसांई? सेराघाट से ज्ञानी मास्टर लौटते ही होंगे।"

श्यामा जल्दी मुक्त होना चाहती थी। ज्ञानी मास्टर के नाम को कवच की तरह ओढ़ते हुए, उसे फिर रेवाचरन की याद आ गई। यह भी कि रास्ते से

गुजरते हुए देख लिया होगा। कौवे की सी आंख तो है नेताजी की।

"आज तो तू बहुत जल्दी निबटा देना चाहती है, श्यामी?" लाल साहब ने फिर छेड़ना चाहा, "ये ठाकुर साहब साथ में हैं, इनसे पूछ ले चाहे। हम लोग तेरी ही बात करते चले आ रहे थे। महात्मा गांधीजी के सत्याग्रह आन्दोलन में कुछ 'वन्दे मातरम्' और वैष्णव जन तो तेने कहिए, गाने वाली स्वयं सेविकाओं की जरूरत पड़ेगी।···मगर तू है कि तुझे हम लोगों की सुनाई ही नहीं देती।"

"सुना ही नहीं, गुसांई, रामजी की कसम। सुनती तो, कुछ पान-सुपारी अपने ही लिए पाती। सूखा कपाल ठहरा, लौनी की डली नहीं अटकी, गुसांई!" कहती श्यामा फिर तेज कदमों से चलने लगी। वह जानती थी, त्रिपुर सुन्दरी के दो-बटिया से नीचे विश्वनाथ की दिशा में वकील साहब की कोठी पड़ती है। दो-बटिया के पास से अपने-आप दोनों जन गली में उतर जाएंगे।···ठिंगने लाल साहब कुछ पीछे ही छूट गए थे, मगर वकील साहब की चाबुक जैसी सड़ाकेदार आवाज एकदम पीठ से टकराई, "क्यों, वे अप्सरा? एकदम इन्द्रराज के अखाड़े को जैसी उड़ती हुई कहां को जा रही है?"

लाचार होकर, कुछ देर और ठहरना पड़ गया। अनजान जैसी बनकर, कान न सुनने के लिए माफी मांगी। दो-चार हंसी-ठिठोली की बातें करके वकील साहब के कानून-कायदों की बंदिश से मुक्त टोंट झेले और फिर इतवार के दिन मुजरा सुनाने का वचन देकर, ज्यों-त्यों घर की तरफ बढ़ी।

श्यामा का मन यह सोचते-सोचते भावुक हो आया कि औकात से भी बड़ी आखिर जात ही होती है। वकीली में नाम कमा करके हवेली खड़ी कर ली है, तो क्या हो गया। आखिर हुआ तो गांव का मुस्स, लट्ठमूसल खसियाही। वही हाल नेता का है।···एक पण्डित साहब भी हैं। बोलते हैं, तो नई-नई ससुराल आई बहू का जैसा संकोच। आंख मिलाओ तो शरम से धरती की तरफ देखने लगते हैं।

दो कोठरियों का छोटा-सा घर है। दक्षिण की ओर किवाड़ वाली दोनों

कोठरियां एक सीध में हैं। दोनों ही छोटी। एक कोठरी में भाई मोती उस्ताद का डेरा और बड़ी वाली कोठरी बैठक की थी, रिहायश भी, नाच-मुजरे के शौकीन लोगों का मजमा वहीं जुड़ता था। रसोई-घर का काम बगल में बनाई टीन की झोंपड़ी देती थी। कमरे में पांव टिकाते ही, उसे सारे घर में चरस और तमाखू-बीड़ी की तीखी दुर्गंध भरी हुई महसूस हुई, जैसे मोती उस्ताद और ज्ञानी मास्टर चरस पीने के बाद अभी-अभी उठकर कमरे से बाहर गए हों। बैठक के कमरे में नाच-मुजरे से कुछ पहले ही मामूली-सी सफाई और सजावट होती थी। इस समय अव्यवस्था थी। एक कोने में ज्ञानी मास्टर की तमाखू और चरस की चिलमें औंधी पड़ी थीं। किसी कोने में पेटीकोट-धोती का जोड़ा लटका हुआ था और दरवाजे की बल्ली पर ठुके बड़े कील में ज्ञानी मास्टर का फटा-पुराना कोट। एक तरफ दीवार से टिकाई हुई चारपाई थी, जिसपर टल्ले डाले लिहाफ-गद्दे एक साफ चादर से ढंके हुए थे।...

हे राम, ऐसी कुठौर आकर कहीं गुसांई घिना गए, तो? फूल में भी खुशबू होती है, तब भंवरा आसन बैठता है। कुछ देर तो इसी असमंजस में रही, बैठक के कमरे में से कूड़ा-करकट निकालकर, सामान संभाले कहां? रसोईघर छोटा-सा। चूल्हा-बरतन और लकड़ियों के अलावा, आटा-दाल-चावल-नून-मसाले के छोटे-बड़े डिब्बों से भरा हुआ धुवांस से काला पड़ा उसमें कपड़े-बिस्तर रखने की कोई गुंजाइश नहीं। फिर ख्याल आया, कि संयोग से मोती उस्ताद और ज्ञानी, दोनों ही आज नहीं हैं। जल्दी-जल्दी पहले मोती उस्ताद वाली कोठरी में आई। उस कोठरी में मोती उस्ताद के शेष चिह्नों के रूप में ठौर-ठौर चरस-तमाखू की जली हुई खार की गिट्टियां और बीड़ी-सिगरेट के टुकड़े भरे थे। तीन-चार साफियों के गंदे चिथड़े चमगादड़ों जैसे लटके थे। कुछ देर कोठरी के सूनेपन में ही डूबी रही। फिर साफियों के चिथड़े दूर फेंककर, उस डोरी में ज्ञानी मास्टर का कोट-पायजामा लटका दिया। साफ-सुथरा गद्दा और दो चादरें छोड़कर, बाकी सारा बिस्तर भी समेटकर वहीं ले आई और दरी जमीन पर बिछाकर, सारा बिस्तर उसी पर लगा गई। झाड़ू लाकर, दरी से बाकी छूटी हुई जगह को बहुत सावधानी से साफ किया।

कमरे को अपने सामर्थ्य-भर साफ-सुथरा बनाकर, श्यामा दुकानों की तरफ निकल गई। नहाने के लिए उसने संदल साबुन की टिकिया रीदी और अच्छा-सा पाउडर लिया। कमरे में जलाने के लिए अगरबत्ती लेने के बाद, वह पदम ठाकुर की दुकान पर चली आई। चार बीड़े पान इलायची वाले लगाने को कहा, तो पदम ठाकुर ने पूछ लिया, "क्यों, श्यामी, शाम की महफिल है क्या?"

"हम लोगों की तो रात-दिन महफिल ही महफिल है, गुसांई!" कहते हुए श्यामा ने खुद अनुभव किया कि उसके कहने में खीझ है।

कमरे में लौटते हुए भी श्यामा को यही लगा कि कुछ है, जो आज लगातार अजनबी की तरह साथ लगा हुआ है।

कमरे में पहुंचकर, उसने शाम के पहनने को कपड़े चुने। और नहाने में आलस तथा ठीक वक्त का न होना उसे खला। तौलिया और बाल्टी को लेकर कमरे के मोरी वाले कोने में निकल गई। दरवाजा बन्द कर लेने का उसे ध्यान नहीं रहा। सिर्फ हाथ-पांव और मुंह ठीक से धो लेने के निश्चय में उसने पेटीकोट और धोती को घुटनों तक समेटा, तो अपनी गोरी, लम्बी और मांसल पिण्डलियों का एकाएक उजागर हो जाना खुद उसे मोहक लगा। वह धीमे-धीमे एक गजल गुनगुनाने लगी और तय किया कि हारमोनियम पर अकेली ही धीमे स्वर में गाएगी—संगत के लिए रमदिया को बुलाने की जरूरत नहीं।

दोपहर की लौटी श्यामा, इस वक्त, दीपक जलाने लग गई थी, मगर मन में असन्तोष की रेखा ज्यों की त्यों खिंची हुई थी। सेराघाट में जैसी कोठरी में रहती थी कृष्णा, ज्ञानी मास्टर के साथ, उससे कहीं बेहतर यहां वाली थीं। शादी के वक्त मुश्किल से ग्यारह वर्षों की थी। उस वक्त कौन जानता था, खुद भी नहीं, कि उन्नीस-बीस की उम्र आते-आते वह रजवारों की सन्तति की तरह चिट्टी-गोरी, लम्बे कद की और खूब-सूरत निकल आएगी। यह शायद चौबीसवां है। सन्तान हुई नहीं है। जैसे किसी अदृश्य का संकेत हो। बाद के वर्षों में खुद उसने ही एहतियात बरतना शुरू कर दिया और ज्ञानी मास्टर का उदासीन होते जाना न जाने किस बात का प्रतीक था। श्यामा के अप्सराओं

के से तारुण्य और तेवरों के आगे अपनी अपात्रता का या कि इस भय का कि सख्ती से पेश आने पर उसके साथ छोड़ जाने का।

सिर्फ जिस्म ही नहीं, आवाज में भी सौन्दर्य था। निहायत सामान्य किस्म के ज्ञान के बावजूद, बड़ी-बड़ी बैठकों में रागमयता का सा वातावरण बिखेर देने में श्यामा समर्थ थी। अपनी मोहकता का उसे ज्ञान था, मगर आज, पहली बार, इतने असन्तोष और खीझ से उसका साबका पड़ा था। वह मन ही मन में विचलित हो रही थी कि चांदी की सिल्ली जैसा उजला तो उनका ललाट है और देवताओं जैसी देह। कैसी पुरुष होने की सी गन्ध बिखर रही थी बातें करते, जैसे संगमरमर की पत्थरी पर कोई चन्दन की सिल्ली घिस रहा हो, धीरे-धीरे वैसा तो व्यवहार था। जैसी कंचन-काया है, वैसा ही सुघर-सुथरा घर-आंगन भी होगा। पुरुष की जात है। कहीं सचमुच आ ही पहुंचे, तो इस कबाड़-कोठरी में कहां बिठाऊंगी?

रेवाचरन से उसका वास्ता या तो आज दोपहर की मुलाकात का था या सिर्फ कुछ बैठकों में उपस्थिति का। वह तय नहीं कर पा रही थी कि कदाचित् शाम को आ ही गए, तो उसे उन्हें क्या हैसियत देनी है। एक गुणग्राहक श्रोता की, या डेरेवालियों के नाच-मुजरे के शौकीन पैसे वाले ग्राहक का—या कि सिर्फ एक ऐसे पुरुष का, जिसकी संगति में एक बिजली-सी उसके अस्तित्व में कौंधी थी कि काश, किसी ऐसे ही पुरुष की पत्नी बनने का सौभाग्य उसे मिला होता!

कमरे में अगरबत्ती के धुएं सुगन्ध के कोहरे की तरह भरते जाना श्यामा को बहुत प्रिय लगा। एक बीड़ा पान मुंह में भरकर, यों ही पूर्व अभ्यास में, वह हारमोनियम पर सुर साधने बैठ गई।

3

गुलाबो यों ही तलब में उस ओर निकल आई थी।

बोली, "हाय, श्यामी, तूने तो आज दीवानाखाना जैसा सजा रखा है। कौन-सी बत्ती जलाई है, बड़ी खुशबू मारती है! मुझे तो आधे रास्ते में में ही महक लग गई थी।"

गुलाबो चारों तरफ कौतूहल-भरी आंखें घुमा ही रही थी कि श्यामा ने थोड़ी सख्त आवाज में कहा, "कैसे प्राई हो, गुलाबी?"

गुलाबो चौंकी, जैसे अंधेरे में चलते कोई कंकर पांव के नीचे आ गया हो।

किसी 'पेंटिंग' के 'पैच' की तरह डेरेवालों की बस्ती मोहल्ले में अलग से पहचानी जा सकती थी। उतरता पक्ष होने से, चन्द्रमा देर में निकलने लगा है। स्लेट पर खड़िया से बनाए गए चिह्नों की तरह, चूने से पुते घरों की कतारों वाला यह मोहल्ला—दुकानों-कमरों में जलती लालटेन तथा दीयों की रोशनी में—एक चिरंतन सामान्यता का अभ्यस्त हो चुकासा लगता है।

डेरेवालों की बस्ती के किंचित् अंतराल वाले घरों में से गाने-बजाने की आवाजें ठीक वैसे ही निकल रही थीं, जैसे सुबह होने पर पक्षियों के झुण्ड यात्रा पर निकलते हैं। दोपहर जब कृष्णा लौटी थी, मौसम साफ था। शाम जब दुकानों की ओर निकली थी, बादल डेरे पर लौटते लोगों की तरह इकट्ठा जरूर हो रहे थे, लेकिन खामोश थे। इस वक्त, इस थोड़े अंतराल में ही, मौसम एकाएक तेवर बदल चुका था। और सर्दी बढ़ गई थी।

गुलाबो टोहना चाहती थी कि जब बैठक नहीं होती है, तो श्यामा आखिर डेरे और अपने-आपको इतना संवारकर क्यों बैठी है। ज्ञानी मास्टर तो यहां हैं नहीं। मोती उस्ताद श्यामा के डेरे में महफिल शुरू होते ही दूर निकल जाता है। साजिंदे बिरादरी में से ही जुटते हैं, लेकिन आज तो कहीं, किसीको भी कोई खबर नहीं।

अपने भीतर के नेपथ्य में गुलाबो अपेक्षा कर रही थी कि श्यामा चाय-सिगरेट के लिए पूछेगी, ऐसे में उसका रूख ढंग से पूछ लेना गुलाबो को खला। वह समझ गई कि उसकी उपस्थिति श्यामा को प्रिय नहीं लगी है।

बोली, "बड़े घरों वाले आते दिखते हैं, तुम्हारे यहां।'

श्यामा रेवाचरन की प्रतीक्षा में चली आ रही थी, जैसे निर्वस्त्र जल में खड़ी हो। जामुनी, चौड़े पाट की साड़ी और बेलदार कफ वाली, लम्बी आस्तीन के ब्लाउज में वह खुद किसी जमींदार घराने की बहू जैसी लग रही थी। वह अनुभव कर रही थी कि खोजी आंखों से घूरती-सी गुलाबो का खड़ा रहना उसे बाधा पहुंचा रहा है। वह चाहती थी कि सिर्फ एकांत हो और वह आशा के अंतिम क्षण तक प्रतीक्षा करते रहे। गुलाबो को विदा करने के लिए, उसे अपनी अप्रसन्नता पर आवरण डालना ही पड़ेगा, इस बात का अहसास होते ही श्यामा ने अपने-आपको संतुलित कर लिया, "अरी, महफिल-बैठक जैसी कोई चीजें होतीं, तो क्या तुम लोगों को खबर न होती? ··· और यों ही बड़े घरों के लोग क्या यहां सत्यनारायण की कथा सुनने बैठेंगे? हो सकता है, एक जन आएं। उनको गाने-नाचने से कोई वास्ता नहीं है। शायद, ऐसे ही थोड़ी देर को···"

अपनी बात वह पूरी नहीं कर सकी। 'गाने-नाचने से वास्ता न होने के उसके कथन की प्रतिक्रिया में गुलाबो के चेहरे पर जो भाव उभर आया था, श्यामा भीतर ही भीतर थोड़ा खिसिया गई।

"तुम आखिर भेदिये की तरह खड़ी क्यों हो, गुलाबो? तुम्हें जाड़ा भी नहीं लग रहा है क्या? किसी काम से आई हो, तो बताओ।"

"हाय, काम क्या होता है! ···एक घूंट चहा, एक फूंक सिगरेट की तलब में चली आई थी' ···लेकिन तुम्हारा हंस कहीं दूर उड़ता दिखाई दे रहा है।

चलती हूं। जाड़ा लगने लगा था, तभी तलब में चली आई। हो सकता है, आजकल में बर्फ गिरने लगे। बहुत दिनों से बस्ती में कोई ढंग की महफिल भी नहीं हो रही है। फौजी लोग भी लगता है, जैसे जरमनी-जापान की लड़ाई में फौद हो गए हैं। शराब का घूंट तो सपना हो गया है।"

श्यामा समझ गई कि यहां की मुड़ी गुलाबो कबीले में मंडराएगी। "तुम रुको,' कहती श्यामा आलमारी की ओर बढ़ी और 'सीजर' की डिबिया देती बोली, "इसमें तीन-चार बची होंगी। चाय अब कभी सुबह के वक्त पीना। शराब के लिए तो मास्टर का इंतजार करना होगा तुम्हें।"

गुलाबो का जाना उसे अपनी त्वचा पर अनुभव होता रहा। उसने पाया कि जिस तरह की मनःस्थिति में वह है, इस वक्त, कबीले वालों के बीच का रहना हीनता का अहसास करा रहा है। हालांकि, उसने सदैव ही कोशिश की है कि थोड़ा फासला बनाए रखे, लेकिन लोग फिर भी पानी की तरह बह आते हैं। इस विधवा, निस्संतान और असमय ही प्रौढ़ा गई गुलाबो को देखकर तो और यही लगता है कि ज्ञानी मास्टर की घर वाली तो इसीको होना चाहिए था।

अपने को फिर से प्रतीक्षा में समेटते हुए, वह देली से थोड़ा आगे को झुकी। चुंगी वाले मोड़ पर 'लैम्प-पोस्ट' किसी समुद्र के सीमान्त-चिह्न जैसा लग रहा था, जैसेकि कोई अभी-अभी उसमें डूबकर तिरोहित हो जाएगा, क्योंकि एकाएक कोई पानी में से बाहर निकलता-सा इस ओर बढ़ आएगा। प्रतीक्षा नाम की चीज को उसका साबका जैसे पहली बार उसे इस बात की प्रतीति हुई कि आस-पास के परिवेश को इस तरह तो उसने कभी नहीं देखा था। ऐसे, अपने साथ-साथ इंतजार करते हुए।

इतना वह सोचती आई थी कि शायद, कुछ अंधेरा हो चुकने पर ही इस ओर आएंगे। उसके अनुमान से अब ठीक बह वक्त हो आया था, जिसमें रेवाचरन को उसके लिए प्रकट हो जाना चाहिए। मोड़ से इस ओर आता हर अकेला व्यक्ति रेवाचरन होने लगा था, जो थोड़ी ही देर में कहीं खो जाता था। एकाएक उसे याद आया कि यह भी तो कहा था कि डेरा ढूंढ़ने में दिक्कत होगी, वह खुद लिवा ले जाएगी। ऊनी शाल कंधों पर डालकर, चुंगी वाले

मोड़ तक देख आने का इरादा करते हुए उसे एकाएक न जाने क्यों यह अहसास हो आया कि अपनी सारी आकुलता के बावजूद वह आखिर कहां, किस हद तक पा सकेगी। सिर्फ उसी हद तक, जहां तक कोई भी डेरेवाली किसी मर्द को पा सकती है। उसे एकाएक ही यह भी याद आया कि आकर्षक दिखने की कोशिश में काफी गहरा सिन्दूर भरा है मांग में। उसे ज्ञानी मास्टर की स्मृति भी हो आई। उसे लगा कि कुछ है, जो उसके अपने सुंदर तथा जवान डेरेवाली होने के दर्प में धूल की तरह बैठ रहा है। दुकानों की तरफ से निकलने की जगह, वह गली की तरफ से आगे निकल गई।

चुंगीवाले मोड़ पर वह पहुंची, तो देखा, सर्दी की मार से सिकुड़ा हुआ-सा जोगा मास्टर, अपने पोते अम्बिया के साथ चला आ रहा है। दस-बीस साल और बीत जाने पर ज्ञानी मास्टर की भी यही सूरत निकल आएगी। कौन जानता है कि तब तक में खुद उसके बच्चे होंगे, या नहीं। हो सकता है, ज्ञानी मास्टर के साथ सावधानी बरतने और परहेज रखने के बावजूद हो जाए?

श्यामा ने अनुभव किया कि मानसिक रूप से इस बात के लिए वह तैयार हो चुकी है कि यदि रेवाचरन आज आएं और रात-भर उसके डेरे पर ही रुकना चाहें, तो उसे आपत्ति नहीं होगी। उसने अनुभव किया कि ज्ञानी मास्टर के साथ अपने वैवाहिक जीवन को बिताने का असंतोष इस समय गाढे अंधेरे की तरह उसके भीतर भर आया है।

अंतरिक्ष में जोरों से बिजली कड़की और हवा की एकाएक तेज होती धारा से यह आभास होते ही कि हो सकता है, बारिश शुरू हो जाए—रेवाचरन के आने, न आने की संभावना बराबर दो हिस्सों में बंट गई है, ऐसा उसे लगा।

दोपहर जो चमक उसने उनकी आंखों में देखी थी और विचलित होना—अपने औरत होने के अनुभव में से बह अपेक्षा कर रही थी कि आएंगे। अलबत्ता द्वन्द्व में सिर्फ मौसम डाल रहा था। बारिश होने की आशंका सीधे घर चले जाने का अंदेशा भी बना सकता है और यह गुंजाइश भी कि मौसम के आवरण में उसके डेरे पर उपस्थित रहने की सहूलियत हो जाएगी।

चुंगीघर में से गिद्ध की तरह बाहर को घूरते मुंशी की जिज्ञासा से बचने के लिए कि 'क्यों, श्यामी, इस बर्फ गिरने के मौसम में कहां घुमक्कड़ी कर रही है?' श्यामा वापस मुड़ने को ही थी कि अगले मोड़ के पेड़ों पर टार्च की लम्बी रोशनी पड़ते देख, थोड़ा-सा और आगे निकल गई। यह अहसास उसे बाद में हुआ कि टार्च की रोशनी किसीकी भी हो सकती है।

आकाश खुला होता, तो सर्दी भी कम होती और अब तक चांदनी फैल चुकी हुई। शरद् ऋतु के इस अंतिम चरण में बर्फ गिरने की गुंजाइश ज्यादा हो गई है।

गुलाबो ललिता के कमरे में चली आई थी। अकेले पड़े रहने में डर-सा लग रहा था। अपंग अलोपिया मास्टर एक कोने में सिमटा पड़ा था। ललिता ने चाय बनाई और गुड़ की छोटी-छोटी डलियों के साथ, दोनों को दी।

"हाय, ठंड में तो गुड़ की कटक वाली चहा में ही मजा है। जाने को अभी थोड़ी ही पहले श्यामी की तरफ निकल गई थी, लेकिन कहां! वह तो जाजम बिछाकर, नवाब-राजाओं के जैसे इंतजार में खड़ी थी, चहा क्यों पिलाती! सीजर की बत्ती थमाकर, बिदा कर दिया। लो, हो अलोपी, एक तुम भी पियो। एक-दो रात काटने को बचा लेती हूं। चाहे जो हो, शौकीन और नफीसीपसंद तो श्यामी एक ही है। कपड़े पहनने को हम डेरेवालियों में कौन नहीं पहनती, सीखे कोई उससे। हाय, इस समय तो नर्गिस जैसी लग रही थी!"

"जब यहां, हम लोगों की बस्ती में आई थी—और, गुलाबो दीदी, इस बात को बीते ही कौन दस-पांच बरस हुए हैं। शायद, उस साल रमदिया लला के घर लड़की हुई थी, अब दो-ढाई साल की होगी। पहनावा तो तब कोई खास नहीं था, लेकिन लगती तब भी खूबसूरत थी। ज्ञानी मास्टर तो तब भी भालू जैसा ही लगता था। खैर, हम डेरेवालियों में तो खसम का हुलिया कौन देखता है। कम उम्र में शादी हुई, तो बाज डेरेवाली बाद में फूल जैसी खिल

आती है, मगर खसम के सिर में टोप[1] पड़ती गई, तो पड़ती ही जाती है।"

कहते-कहते ही अलोपी मास्टर का ध्यान आया, तो ललिता बोली, "खैर, हमारे ये तो बेचारे चरमश्वर के मारे हुए हैं।"

ऐसा लगा कि अलोपी मास्टर ने बहुत जोर से कश खींचा है और धुएं में अपने चेहरे को ढंकने की कोशिश की है।

"सदियों की लम्बी रातें काटनी मुश्किल होती हैं।"

"सो तो तुम ठीक कहती हो लालता, मगर सबके लिए कठिन नहीं होती हैं। जिसकी रात कटनी मुश्किल होती है, वह कमरे में जाजम बिछाकर, नर्गिस साड़ी में दरवाजे पर खड़ी नहीं हो सकती। मुझे तो लगता है, श्यामी ने किसी मोटे आसामी को पटाया हुआ है?"

"खैर, जहां तक तो पटाने का सवाल है, वह खड़े-खड़े चुटकियों में बड़ों-बड़ों को पटा सकती है। हम लोगों से ही बात करने में भी श्यामी के तेवर देखो, हावभाव देखो, तो कैसी 'हां-हूं' बोलती मालूम पड़ती है? उधर मेरा घाट में जाने जैसी रही होगी—शहर में आने के बाद तो एक्ट्रेसों की जैसी कांठी निकल आई है। गाने-नाचने में भी हुनरमंद है। कहीं फिल्मी दुनिया की तरफ निकल गई होती···"

"द, लालता, अंधियों में की लूली अच्छी वाली मिसाल हुई। हम गरीव डेरेवालियों के बीच में की रानी हुई। चमड़ी अच्छी हुई, दमड़ी भी अच्छी निकाल ली। वहां फिल्मी दुनिया में समुंदर में मछली रे, तेरी कौन अलग से गिनती वाला हिसाब हुआ। दो-चार साल की जवानी है, हमारे देखते-देखते थन नीचे लटक जाएंगे। वो तो कहो पत्थर टूट के चार नहीं हुए हैं अभी तक।"

"सो तो मेरे भी नहीं हुए हैं।"

"लेकिन तेरी न वैसी कमाई ठहरी, लालता, न वैसी बरकत। हालांकि इन अलोपिया में भी, खैर, जहां तक मैं समझती हूं, सिर्फ बायें हाथ-पैर में ही तो कुछ कमी है। औलाद का तो जहां तक सवाल है, जिसके होने वाले हुए हो

1. टोप पड़ना—व्यक्तित्व का क्षय होना।

जाते हैं—नहीं होने वाले हुए, खसम लाख जवां मर्द हो, उससे क्या होता है। ज्ञानी मास्टर तो मुंह आए बकरे जैसा गरदन गिराए रहता है। कमी कुछ उसीमें लगती है।···मगर जहां तक मैं समझती हूं, कहां तक हिफाजत रखेगी।···"

"अब भीतर की तो भगवान ही जानता होगा, गुलाबो दीदी, मगर देखने-सुनने में अभी तक कोई ऐसी बात नहीं आई है कि श्यामी को गैर मर्दों के साथ कुछ वैसी हालतों में देखा गया हो। रहती भी बहुत ठनक से है।"

"द, मुझे अधबूढ़ी को भी 'गुलाबी' ही कहती है, दीदी नहीं लगाया जाता आगे-पीछे उससे।···हाय, जरा कान लगा के सुन तो, यह हारमोनियम बजने की जैसी आवाज तो उधर श्यामी के डेरे से ही आती दिखती है?" श्यामी के डेरे की तरफ मुंह करके बैठी गुलाबो ने अपने-आपमें चौंकते हुए कहा, तो ललिता की आंखें भी उस ओर उठ गईं।

"जहां तक मैं समझ रही हूं, कोई जरा पर्देदार किस्म का आदमी होगा। महफिल-बैठक के पक्ष में नहीं होगा। अकेले तो, खैर, इस वक्त क्या गाने बैठी होगी। श्यामी जरा ध्यान लगाकर सुन तो, गाने की आवाज तो नहीं आ रही है···"

ललिता ने 'नहीं' में सिर हिलाया, तो गुलाबो ने अपने को समेटा। "ठंड तो बहुत पड़ रही है, लेकिन जरा एक झलक देख आती हूं।" कहती उठ खड़ी हुई और अंधेरे में किसी जानवर की तरह गायब होती हुई, थोड़ी ही देर में, फिर ललिता के डेरे में वापस लौट आई, 'द, उसने तो सीजर के एजेण्ट को कमरे में बैठा रखा है। हारमोनियम पर खुद अप्सरा-सी गजल ठोक रही है। वह तो काफी बड़े घर का पंडित है, लगता है। श्यामी ने बड़ी ही मछली फंसाई है। हो सकता है, गहरी यारी हो चुकी हो। खैर, ज्ञानी मास्टर तो उदासी बाबा है। उसे क्या फर्क पड़ना है। जौन टुकड़ा, अच्छा मिल जाए, उसी में जै है।"

ठंड के कारण गुलाबो, इस वक्त, छोटे-छोटे वाक्य बोल रही थी। ललिता ने अंगीठी को थोड़ा और आगे सरका दिया। बोली, "तुमको तो कांप छूट गई दिखती है। यह घर से बाहर निकलने का मौसम थोड़े हो रहा है। लो, शायद, छींटे भी पड़ने शुरू हो गए। तुमने तो अपने घर में सिगड़ी जलाई नहीं होगी।

मास्टर, थोड़ा मुटुबा ले आए थे। दो रोटी खाती जाना। सबको अपने सिर के अनुमान में मिलता है।" जिस घरिनी का जैसा भागा, उसके घर तस बोले कागा' कह रखा है।"

"द, मेरा पेट तो तुम जैसी बिरादरीवालियों से ही चल रहा है, लालता! भगवान तेरा घर भरें। नहीं तो यहां विधवा-लावारिश की फटी-चिरी देखने वाला गोल्ल देवता के अलावा कौन है?" कहते-कहते गुलाबो की आंखें भर आईं।

ललिता धीरज बंधाते बोली, "रोने-धोने से जिन्दगी कहां कटती है। जिन जोगा मास्टर की सारंगी सुनकर गोरे लोग रास्ते में खड़े हो जाते थे—अभी तो, थोड़े ही देर पहले, शहर से भीख मांगकर लौटते दिखाई दिए थे। यह सर्दी काटना मुश्किल ही समझ रही हूं उनका। हम डेरेवालों को तो गरीबी के ही बीच में बितानी है। घर-घर मिट्टी का चूल्हा है। श्यामी ही कौन-सी हवेली खड़ी कर लेगी। हां, चार दिन चुपड़ी खाने का मौका है। ठीक ही है।"

"ज्ञानी मास्टर का तो जोगियों का सा बाना है। लटकाई सारंगी कंधे में और चल पड़े। घर-घर के टुकड़े खाने की आदत पड़ गई है। श्यामी में रजवारों की औरतों की सी ठस है। अभी-अभी आ रही थी उसके यहां से—मार मीरा बाई का सा कोठा बनाकर खड़ी थी।"

"आजकल किसी बड़े के साथ बताई जाती है।"

श्यामा के घर से हारमोनियम के सुरों के साथ गाने की आवाज ऐसे आई, जैसे छोटे-छोटे पक्षियों का झुण्ड पेड़ों की शाखाग्रों पर से अभीअभी हवा में उड़ा हो।

"यार, ठंड से सारे डेरेवालों के यहां सर्दी भरी है। तबले-सारंगी की जोड़ियां बंधी पड़ी होंगी। एक श्यामी के घर में बैरागी के घर-सा तम्बूरा अलाप भर रहा है। ला, लालता, आध गास टुकड़ा मेरे सिर पर डालने वाली है, तो डाल। जाकर, शेष मारूंगी। सर्दियों की रात का काटना सौत का निभाना कहा गया है।" कहती गुलाबो ने अपने शरीर को सिकोड़ लिया।

"श्यामी, तू कुछ आमलेट जती कोई चीज नहीं बना सकेगी क्या? ठंड बहुत है।"

"किसके लिए गुसांई?"

"तेरे-मेरे अलावा यहां है ही कौन? चौंककर क्या करेगी। खाने-पीने में कुछ गुनाह है क्या? और आमलेट में पानी कहां इस्तेमाल होता है?"

"हाय, आप तो हंसते क्या हैं, फूल झराते हैं, गुसांई! अभी बनाती हूं।'' कहती श्यामा हारमोनियम पर से उठ खड़ी हुई। हारमोनियम को बन्द करते वक्त की आवाज जैसे उसके साथ-साथ उठी। रेवाचरन दीवार के साथ पीठ टिकाकर, पांव फैलाकर बैठ गए। सिगड़ी उनके दायें पार्श्व में रखी थी। हाथ फैलाकर, ऊष्मा ग्रहण करते हुए उन्हें लगा कि उनकी आंख निरन्तर श्यामा में लगी हुई है। सिर्फ संकोच है, जो उन्हें बांधे हुए है।

हाथ सेंकते हुए उन्हें लगातार यह प्रतीति होती रही कि यह बाहर पड़ती कड़ाके की सर्दी से अपने को काटते रहना है। उनका जैसे शून्य में ही कहने को मन हुआ कि, 'श्यामा, मैं अपने-आपको काटता हुआ काफी दूर निकल आया हूं।'···लेकिन उन्हें सिर्फ इतना-भर दिखता रहा कि श्यामा नितांत घरेलू औरत के से अंदाज में व्यवस्था में जुटी है। तवा और तश्तरी हाथ में लिए वह अंगीठी के नजदीक आई और बोली कि 'अब अलग से चूल्हा जलाकर क्या करूंगी, गुसांई, इसी अंगीठी पर सेंक लूं क्या?' तो रेवाचरन को कुछ नहीं सूझा और उन्होंने धीमे से उसके हाथ को थामकर, अपने समीप खींच लिया और कुछ देर उसे अपनी बांहों में ऐसे भरे रहे चुपचाप, जैसे कोई खोई वस्तु मिल गई हो। श्यामा ने छुड़ाने की चेष्टा की, तो उन्होंने उसका चेहरा अपनी ओर घुमा लिया।

श्यामा कांपते होंठों से बोली, "मुंह जूठा करेंगे, तो जात जाती रहेगी।"

उसका अपने प्रफुल्ल स्त्रीत्व में हंसना उन्हें अपने समूचे जिस्म पर फूल की पंखुड़ियों का गिरना-सा लगता रहा।

रात को एक बार श्यामा बाहर आकर झांक गई। चांदनी में बर्फ फसल की तरह उठी पड़ी थी। वापस लौटकर, उसने किसी अजनबी संसार में भटकते

मुसाफिर की तरह सोए पड़े रेवाचरन को देखा। उनके चेहरे पर शिशुओं की सी निस्पृहता थी। अपने-आप में सम्पूर्ण लगती हुई-सी उनकी प्रकृति को श्यामा के छ देर तक यों ही एकटक देखती रही और फिर धीमे से लिहाफ का एक सिरा ऊपर उठाकर, उनके पार्श्व में सो गई।

सुबह जब रेवाचरन उठे, सुबह हो चुकने की प्रतीति के बावजूद कमरे में अंधेरा भरा था। बादलों का रात-भर का समुद्र की तरह का उमड़ना, बर्फ गिर चुकने के बाद भी, अभी रुका नहीं था।

उनके स्पर्श से श्यामा चौंकती हुई-सी जागी, "आपने मुंह-अंधेरे ही उठा देने को कहा था। काफी रात गए मैं उठी तो थी, गुसांई, लेकिन फिर जो सोई हूं, तो आंख नहीं खुली। हाय, आपके मुंह से तो अभी भी गंध आ रही है ! ऐसे में कहीं बहूजी देख लेंगी, तो जनेऊ उतार लेंगी। आप जरा हाथ-मुंह धोकर मंजन कर लीजिए। मैं तब तक में चाय बना देती हूं। अभी आधा घंटा तो ऐसा ही मौसम रहेगा। ढलते पक्ष का चन्द्रमा है, इसलिए अभी तक आकाश में है। रात जब मैं बाहर आई थी, चांदनी थी। इस समय तो फिर बादलों का घेरा है। अभी आवा-जाही होने में वक्त लगेगा। यहां से तो आप शायद, सीधे शहर की ओर जाएंगे ?"

चाय पीने के बाद, रेवाचरन विदा होने लगे, तो श्यामा ने स्वत ही उन्हें अपनी बांहों में भरा और अत्यन्त मोहक ढंग से बोली, "आपके: साथ तो देवताओं के साथ की जैसी रात बीती है, गुसांई ! ···अब कब पड़ेंगे पांव इस तरफ ?"

"हो सकता है, आज रात भी यहीं आऊं।" कहते हुए ओवरकोट के कालरों को कानों की ऊंचाई तक उठाते हुए पांडेजी के कमरे से बाहर निकले, तो लगा, उनका निकलना सारे शहर ने देख लिया है। बर्फ पर पांव धंसा, तो लगा कि यह सिलसिला जल्दी समाप्त होगा नहीं। शहर की तरफ का बढ़ना सड़क पर अपनी पहचान छोड़ते जाने जसा लगता रहा। नंदादेवी के पास चाय के होटल में कुछ देर बैठने के इरादे से रुके, तो लगा कि पीठ पर बोझ-सा इकट्ठा हो चुका है।

4

आज सुबह यों ही, लगभग चहलकदमी करती हुई-सी, गुणवंती रानीछार वाली सड़क से होती, मोटर स्टेशन तक हो आई थी। आनन्दीमाई धर्मशाला की बद्री होटल वाली मंजिल से खिड़कियों से बाहर झांकते हुए फौजियों को देखकर, उसे अनजाने ही एक पूर्वापर सम्बन्ध की सी प्रतीति हुई।

किसी विशाल ऊंट की पीठ पर बैठा हुआ-सा यह शहर अपने-अपमें एक पूरे संसार की तरह लगता है और सुबह को वाया रानीखेत जाती, तथा शाम को शहर में आती हुई मोटरों को देखकर ही लगता है। कि इससे आगे भी कोई दुनिया होगी। अपनी अत्यन्त सीमित-सी आकांक्षाओं और समस्याओं के बीच इस शहर का सारा वातावरण आत्मतृप्ति की सी उदासीनता में समय को काटता रहता है और कुल मिलाकर देखिए, तो सुबह-सुबह चिड़ियों का सा जागने और फिर शाम को वापसी की उड़ान भरने की सी नियमितता में यह शहर एक टापू के से निजीपन में डूबा मालूम पड़ता है। रोजी-रोटी की अनिश्चयात्मक के बावजूद अपनी जड़ों पर खड़े होने की प्रतीति होती है। गुणवंती लाख इरादा करती है, मगर पहाड़ छूटता नहीं है। देश जाकर, नये सिरे से जिन्दगी शुरू करने का जोखिम लेने का न बूता अनुभव होता है, न उत्साह। अब फुलिया-बदरिया में से कोई सीमा लांघे, तो लांघे।

काशीपुर नरेश की कोठी के सामने, सड़क के किनारे खड़ी होकर, गुणवंती ने अपने अतीत को स्मरण करने की कोशिश की जब वह सिर्फ बीस-

इक्कीस साल की थी और ठीक नन्दादेवी-पूजन के पहले झाड़-फानूसों की जगमगाहट में गुणवंती की बैठक हुई थी और कुंवर साहब ने अपनी अंगूठी उतारकर दी थी। फुलिया के पिता के मरने के साल जगदम्बा पण्डित के यहां गिरो रखी थी, छूटी नहीं।

तब कैसी थी, अब कैसी हो गई है। जैसे बरसों तक आले में पड़े-पड़े कोई तस्वीर धुंधली पड़ गई हो। कुंवर साहब का अकेले में का देखना याद आता है—सच्चे खानदानी रईस के देखने की क्या बात है। औरत को ऐसे देखते हैं कि देवी की मूरत देखने की सी चमक और गहराई भर जाती है आंखों में। काश, कि कुंवर साहब जिन्दा होते या उनकी सन्तान ही गुणज्ञ होती और आनन्दी की पहली बैठक··· जगमगाते झाड़-फानूसों के बीच, वैसे ही राजसी वातावरण में होती, जिसमें गुणवंती यह भी भूल गई थी कि फुलिया दो साल का हो चुका।

अपूर्व कायाकल्प था वह। वैसा अब कहां!

शिशुन की छोटी-सी पत्ती को तोड़कर, गुणवंती अपने हाथों से मसल दिया और लौट पड़ी। थोड़ा सौदा-सुलफा खरीदकर, बस्ती में वापस लौटी, तो तबले की बद्धी कसता रमदइया दिखाई दे गया।

"जै हिन्द, गुणो दीदी, कहां से सवारी आ रही है?" कहते हुए रमदइया ने देखा, तो गुणवंती रुक गई। जैसे एकाएक कुछ याद आ गया हो, बोली, "अब गुणवंती भौजी तो तुम्हारे लिए सिर्फ 'जै हिन्द' के काबिल ही रह गई, रामी!"

"तुम तो अभी भी बहुत-सी चीजों के लिए काबिल हो, भौजी!" कहते हुए रामदास हंसा, तो उसका मुंह खोखल-सा हो आया।

गुणवंती को लगा, निचुड़ गया है। कुछ याद करती-सी बोली, "देवरा, हमारा फुलिया क्लॅसिक के टुकड़े तो अच्छे निकाल लेता है, मगर चलती का ठेका उससे अच्छा नहीं बजता। अभी सधा नहीं, लौंड-पना है। संगत की जगह सोलो बाजी मारने लगता है। चक्करदार तिहाइयां लगाता है, और फिर टोकता है कि सम पर नहीं आती है। अरे, बेवकूफ, ये कोई उदेशंकर महाराज के दरबार में हुनर दिखाना है। कि मार ले 'कत्तेरे धे-धे-ते-रे, कत्ता-कत्ता-धे-धे-ते-रे,' की

परन मारेगा? छोटी तिहाई पड़े, तो आनन्दी को भी सहूलियत हो। शुरुआती बैठक है। भनक तो तुम्हें पड़ ही गई होगी? बैठक में पलटन के लोग आने वाले हैं। यहां के आला अफसर तो वही सिपाही-लैंसनायक और हौलदार लोग हुए और बकरों के आगे बागेश्री-धनाश्री राग गाने से और जो हुनर मिट्टी में मिलता है। यहां भला कौन गुणवंत बैठा है काशीपुर के राजासाहब की तरह कि गुणवन्ती ने 'वेद रटत, ब्रह्मा रटत, ध्रु वजना प्रह्लाद रटत···आ-आ-आ-आवत नहीं पार जाको···ओ···वेद···' का आलाप लगाया और उधर कुंवरजी ने 'वा गुणवंती, जीती रह। घ्रु पद के बोल तेरे मुंह से सुनकर, चन्द्रशेखरजी की याद ताजा हो आती है।' कहते हुए पान का बीड़ा आगे बढ़ा दिया।"

कुछ क्षण अतीत में पड़ी रहने के बाद वापस लौटती हुई-सी गुणवंती कहती गई, "इन सिपाही हौलदारों के लिए तो चार-पांच फिलम के उड़नटप्पू किसम के और दो-चार जरा 'तू किले नि आई, घना, डांके कि गाड़ी मा।' या 'सुरमा सलाई बहू छुम,' जैसे ठेठ पहाड़ी मुजरे ज्यादा महफिल जमाने वाले होते हैं। मेरे तो दोनों अभी छोटे हैं, तुम्हारा आधी उमर का अभ्यास है। घर का ही जैसा शुभ कारज समझकर, जरा कुन्तुली छोरी की संगत कर दोगे। कहीं दो-चार मात्रा की घट-बढ़ भी हो गई, तो संभाल लोगे। पिठा-अक्षत जैसा भी पहुंचेगा, सब अपनी ही चेली का काम समझ करके सन्तोष करना पड़ेगा। पलटनियों की फिक्र मुझे नहीं — लेकिन दो-चार अधभर गगरी छलकत जाए वाले अपनी ही बिरादरी के नुक्स निकालेंगे।"

गुणवंती वापस लौट गई, तो रामदास फिर बद्धी कसने में लग गया। तबला कस गया, तो चाय की तलब में घर की ओर पलटा। बाहर धूप भी अच्छी-खासी हो आई, इस बात का अहसास उसे वहां से उठ जाने पर ही हुआ।

"मोहनी, एक घूट चहा दे देती।" पुकारने के साथ ही उसने चूल्हे में बैठी मोहनी पर नजर पड़ी, तो उसे लगा, न जाने कितने फासले पर बैठी औरत को सम्बोधित कर रहा है। दरवाजा नीचा है। सिर झुकाकर अन्दर जाते हुए दीमकों की खाई हुई लकड़ियां घर-गृहस्थी के इतिहास पर बोलती लगती हैं। एक कोने में खांसने की जिम्मेदारी पूरी करने-भर को जिन्दा रह गए पिता

का गुडुरी किए हुए गद्दे की तरह का पड़ा रहना सिर्फ एक इन्तजार की सी उपस्थिति घर के इर्द-गिर्द बनाए रहता है।

बाहर के खुलेपन में से घर के भीतर पहुंचना अब उतनी राहत भी देता नहीं, जितनी धूप से उठकर छाया में आने पर महसूस हो सकता है।

इधर, एक अरसे से, घर-गृहस्थी का चलाना कुछ ऐसा होता जा रहा है, जैसे हल जोतने में एक बैल के कंधा खींच लेने पर होता है। सारा बोझ एक झटके के साथ पीठ पर आलदा महसूस होता है और दूर-दूर तक कुछ सूझता नहीं है कि भिखमंगेपन की हद तक जा पहुंचने से कौन बचाएगा अब इस घर को। बच्चों के मुंह पर बैठकर भिन-भिनाती मक्खियां आने वाले किसी बुरे वक्त का शगुन बांटती हुई लगती हैं। अपनी याददाश्त पर जोर देने की आदत छूटती जा रही है। यही मोहिनी जब पहली बार इस डेरे में आई थी—घर तो यही था, सदियों पुराना लगता हुआ सा, लेकिन मोहिनी कैसी लगी थी? जैसे बरसों से चले आ रहे अंधेरे के बीच एकाएक कोई रोशनी लाकर रख दी गई हो।

अब तो रामदास को अपनी घरवाली मोहिनी से खीझ-सी होने लगी है कि यह औरत तो दिन पर दिन बैल जैसी बैठती ही चली जा रही है। पहले थोड़ा-बहुत तब भी जरा तबियत से गा-नाच देती थी, मगर ज्यों-ज्यों बाल-बच्चे हुए हैं, त्यों-त्यों कपिला गाय की जैसी लात छटकाती जाती है और रामदास को कहना पड़ता है कि, 'क्या हो गया, वे मोहना, तुझे? तू तो अब स्प्रिंग टूटे ग्रामोफोन में चढ़ाए रिकार्ड जैसी घूमती ही नहीं।'

मोहिनी के नाचने-गाने से अड़ियल घोड़ी की तरह पीछे हटते जाने से रामदास के सामने बाल-बच्चों को पालने की समस्या विकट होती जा रही है। पहले सिर्फ तीन जनों का कुनबा था। मां के मुंह में सरस्वती का बास था, सो वह सांई-गुसांइयों की देलियों में मत्था टेक-टेककर अन्न-वस्त्र जुटा लाती थी। मोहिनी स्वभाव की तो तब भी कुछ तीखी ही थी, मगर नाचने-गाने में हिचकती नहीं थी, हंसी-ठिठोली का बुरा नहीं मानती थी। वक्त भी ठीक ही था। दरगुजर में खास कसर नहीं पड़ती थी। अब एकवर्षीया छोरी कुन्ता से लेकर छेदिया-अम्बिया दो-दो वर्षों के हेर-फेर के हैं। बिना मां-बाप

का सुन्दरिया दीदी के नाते का आसरा पकड़कर बैठ गया है।···और पिता जोगा उस्ताद के गट्ठे-पुट्ठे ऐसे उतर गए हैं, कभी-कभार गोठ से छूटे जानवर-सा मांगने-जांगने चल पड़ता है, तो बाजार-मोहल्लों की सीढ़ियां उतरते-चढ़ते फ्वां-फ्वां करता, ठौर-ठौर चित्त पड़ा रह जाता है। सहारे को पहले सुन्दरिया जाता था, अब अम्बिया को लगाना पड़ता है, क्योंकि सुन्दरिया कहता है, मेहनत-मजदूरी करूंगा।

रामदास ने लाख कहा, "कमअकल साले, जरा अपनी औकात पर रह। जाने कहां से स्साला किसी झुटके[1] का पैदा हो गया है। खानदानी होता, तो जरा तबले-सारंगी-हारमोनियम में सुर लगाता। ले मेरा यार कुल्ली-कबाड़ियों के जैसे नीच काम करेगा? एक ससुरा 'धा-धा-तिरकिट धाधा-तूना,' का फायदा निकालना परबत हो गया। अरे, स्साले, बोझ ढोना, मजदूरी करना क्या कोई हम लोगों का पेशा है? हुनरमंद के लिए तो उसकी सारंगी-तबलों की जोड़ी का वजन ही बहुत होता है। हाथ से बोल, गले से सुर निकालकर खाने के गंधर्व पेशे को छोड़कर, अब डूम-डोटियालों के नीच करम करेंगी हमारी औलादें? आ गया है, यारो, इस गांधर्व कबीले के उजड़ने का समय नजदीक आ गया है।···"

बासी रोटी खाता सुन्दरिया तो जरा सहम गया, मगर मोहिनी मैदान में उतर पड़ी जैसी तैयारी में से बोल उठी, "अरे, रामजी, मैं तो गोल्ल ज्यू[2] के दरबार में घण्टा चढ़ाऊं, जो यह पलीत गांधर्व कबीला सुसरा कल का उजड़ने वाला, आज उजड़ जाए! ···अरे, तुम बहुत नन्दादेवी के थान के नादियों जैसे सुन्दरिया बेचारे पर क्या बिगड़ रहे हो, भरतार? मैं तो कहतीहूं कि मेरे सुन्दरिया भाई जैसे सारे कबीलों में पैदा हो जाएं, तो जरा हम रंडियों को सुख के दिन देखने को मिलें। ···सुन्दरिया का सुर तबले-सारंगी में नहीं लगता है, इसीलिए इस छोरे को छाती से लगाकर रख रही हूं, कि किसी अच्छी जात-

1. अवैध सम्बन्ध।
2. एक लोक देवता।

औकात का होगा, तो इस पलीत पेशे को त्यागकर, कहीं इज्जत की रोटी कमा खाएगा। किसी असीलबाज का होगा, तभी मुझे नाचते-जाते देखकर, कहीं दूसरी तरफ चला जाता है, कि दीदी-भाई के रिश्ते की लाज रह जाए। अम्बिया के बाबू, संगीत का सुर तभी सुख देता है, जब वह बीच बाजार में टकों के भाव जिस्म नचाने के लिए मजबूर न करे। ऐसे गांधर्व पेशे से तो सुसरा चमार-पेशा ज्यादा उत्तम, जिसमें औरत और बहन के नाचते हुए चूतड़ों को देख-देखकर खसम और भाई चलती का ठेका बजाते हुए 'अं-अं' करते हुए मुंडी हिलावें।"···

गुणवंती न्यौता देकर गई, यह अहसास रामदास के अस्तित्व में धूप की ऊष्मा की तरह भरा था। मोहिनी के टोकने से खीझ में उसके मुख से निकल पड़ा, "तू जो खानदानी पेशे को बेर-बेर लात नहीं मारती, तो मुझे अराई-पराई मिरासिनों का तबलची क्यों बनना पड़ता? अरे, चार सिपाही गुणवंती भौजी की बैठक में आनेवाले हैं, तो तेरी बैठक में आठ हौलदार मौजूद रहते।"

"द! मेरी बैठक में इज्जत-आबरू का धुवां देखने वाले हौलदार हो जावें अपनी महतारी के खसम! ···और तुमको तो मैं अब क्या कहूं, अम्बिया के बौ ज्यू? शरम नाम की चीज तो तुम लोगों की नलबिड़ी[1] के साथ ही झड़ जाती है और बेशर्मों को बात मारो, तो क्या, और लात मारो, तो क्या!" मोहिनी एक अधजली लकड़ी को तड़ाक से तोड़ती बोली, "इतना भी जो कभी-कभी बेशरम-बेहया बनकर के नाच-गा लेती हूं, चुगदों के हाथों की चिंगोटियां झेल लेती हूं, तो सिर्फ इसीलिए, कि बालकों का और बूढ़े ससुर का दुख नहीं देखा जाता। जरा तुम्हीं सोचो, लला, कि आज यह पलीत गांधर्व पेशा पकड़कर नहीं बैठे रहते, औरत को रंडी बना करके बीच बाजार में, तो कपास जैसी फूलो बाप को थर-थराते हाथ, छोड़ते हुए, देली-देली भीख बटोरने नहीं जाना पड़ता।··· आज अम्बिया का हाथ पकड़कर ससुर जाते हैं टुकड़े बीनने को। आने वाले दिनों में अम्बिया-छेदिया के बाल-बच्चों का

---

1. नाल, जिसे बच्चे के जन्म के तुरन्त बाद काट दिया जाता है।

हाथ पकड़कर तुमको और मुझे जाना पड़ेगा भीख मांगने।"

रामदास को लगा, काठ हो रहा है। वह दीवार से पीठ टिकाकर, बैठ गया। मोहिनी चूल्हे में से हटकर, उसके निकट आ गई। बोली, ऐसे ही नहीं धिना गई मैं इस पेशे से, अम्बिया के बाबू! जब तक बाल-बच्चे नहीं हुए थे, तब तक न उनके बिगड़ने-संभलने और पालनेपोसने का संताप था और न अपना जिस्म ही बोझ लगता था। ...बाल-बच्चे हो जाने पर औरत का मन भी बदल जाता है, जिस्म भी। मगर मरद जात को क्या! चार मास चौमासे की बरखा भीगने पर बारहों मास की मिट्टी की परतों से ही पानी नितरता है—पत्थर तो पानी नितारकर टटके हो जाते हैं। तुमने कब देखा मेरा दुख! जब कोई जुआरी-शराबी-सिपाही-हौलदार नाच-मुजरे का शौकीन मिल गया, तो तबला-सारंगी का सुर मिला लेने के बाद ही कहा, कि 'हते, गुसांई लोगों की तबियत खुश करनी है।'...मैं कभी कैसी ही हुई, कभी कैसी ही।... और...और गुसांई लोगों की तबियत खुश करने में कितना दूध चुआ, कितनी बार खून—मुझ रांड का दुख किसने देखा? उस दिन नाचती-नाचती जरा थककर, थरथरा जैसी गई 'काहे गुमान करे' पर सम में नहीं आई, तो तुम्हारे सेठ गुसांई हरगोबिन्द सेठ ने क्या कहा था? कि 'बेताल नाचने वाली नचनिया और गलत चाल चलने वाली घोड़ी की दुम में डाम[1] धर देना चाहिए!'...अरे, मेरे मरद! लगा होता आठवां भरपूर महीना तेरी घरवाली पारबती सेठानी को भी, और नाचना पड़ता उसे भी किसी तमाशबीनों के सामने—हे राम, मैं भी देखती, कैसे धरा जाता है औरत की दुम में डाम!"

घरवाली की बातों से बिकने वाला मीरासी और घोड़ा की रखवाली से चौंकने वाला साईस कभी कामयाब नहीं हो सकता, इस परम्परागत मान्यता का अभ्यस्त रामदास सुनता और खीझता रहा कि यह बड़े घरों की बहुरानियों के से तेवरों वाली दिन पर दिन कटखनी होती जा रही है। उसकी समझ में नहीं आ रहा था कि हजारों बरसों से जो परम्परागत पेशा पेट पालने का चला आ

1. गरम लोहे या तांबे के सिक्के से दागना।

रहा है, इससे विद्रोह करने के बाद आखिर जीने के लिए और क्या व्यवस्था हो सकेगी? प्रश्न सिर्फ आर्थिक-व्यवस्था-भर का भी तो नहीं। एक सांचे में ढले हुए मानसिक संस्कारों से मुक्त होकर, नये सिरे से रोजी-रोटी का सिलसिला बना सकने की गुंजाइश उसे दिखती नहीं। जमीन नहीं, जिससे अन्न उपजे, तो कुनबा पले। पूंजी नहीं, जिससे कुछ व्यवसाय किया जा सके। ऊंचा कुल और शिक्षा-दीक्षा नहीं, सरकारी नौकरी करके गुजर करे।···और तिस-पर यह मुठी-भर का शहर!

किसी तरह शब्द जुटाकर, बोला, "अरे, बन जाने वाली गाय ने बिना रोज चरे अपना पेट कैसे भरना, मोहना? और बंजारे-मिरासी डेरेदारों के पास जमीन-जायदाद और रकम के नाम पर यही सारंगीतबले की जोड़ी और एक इलम इसी को छोड़ दें, तो स्साले छै-छै उदर कैसे भरें? तू बहुत पढ़किड़ी की तरह प्वांक्कि-प्वांक्कि पादती मत फिरा कर, यार! जरा औकात पर रहा कर, जरा औकात पर। आकाश की चील ने छीनकर, आंगन की चिड़िया ने बीनकर ही पेट पालना होता है। जिस गांधर्व पेशे को हमारे पुरखों ने कायम किया और हजारों बरसों तक ऐयाशी कर गए, आजल्ले मेरी यार कठुली मीरासिनियां उसी पेशे को लात मारने को तैयार खड़ी हैं। अरे यारो, दरअसल चीज यह हो गई है, कि आजकल की मीरासिनियों में सत्त-धरम नहीं रह गया। पहले तो ये होता था, कि ऐठकी-बैठकी में लाख पराई संगत करें, मगर संतान अपने ही वंश-कबीले की पैदा होती थी।···मगर आजकल की औलादें दोगल्ली सारंगी-तबले की जोड़ी को तो मारें लात और कुली-गीरी करने को तैयार।···सुंदरिया स्साले से जरा पूछ तो सही कि दिनभर हल जोतकर, लकड़ी बेचकर या पत्थर-बल्ली ढो-ढोकर जितना कुल्ली लोग कमाते हैं, उतना तो हुनरमंद मीरासी सांई-गुसांई लोगों से इनाम-बख्शीश में ही झाड़ ले। बस, जरा इलम का सच्चा होना चाहिए।···"

अपनी तरफ से इतना कुछ एक रौ में कह जाने के बाद, कुछ संतोष की सांस लेकर, रमदिया सिगरेट भरने लगा कि औरत की जात इतना समझाए से थोड़ा तो समझेगी, मगर मोहिनी ने फिर पतंग जैसी काटकर रख दी,

"मुझको उपदेश तो बहुत देते हो, यार! कभी जरा चरस की चिलम की चमतरंग से नीचे उतरकर, अपनी असलियत को भी तो टटोलकर देखो? हजारों सालों से चलते तुम्हारे गांधर्व पेशे से कितने पेशेवरों का कल्याण हुआ? वही कंगाली की कंगाली, वही कपाल का कपाल हाथ। वही उतरे हुए कपड़ों की पोशाक और वही मांगी हुई भीख का भोजन!··· मुझको नाम रख रहे हो, अम्बिया के बाबू, मगर पहले तो हर मीरासिन में खूबसूरती और जवानी नहीं होती और हुई भी तो ज्यादा टिकती नहीं। चौमासे के पानी जैसा जोबन एक दिन आखिर उतर ही जाता है। घना-चना की जैसी उर्वशी-मेनका की जोड़ी आज तक हम लोगों के डेरों-कबीलों में चमकी नहीं होगी न? न वैसा जोबन, न वैसा इलम—मगर बुढ़ापा उन दोनों का भी जैसा कटा, तुमने भी देखा, हमने भी देखा। वही राह चलतों से चा-सिगरेट मांगने की नौबत आई। इतना तो मैं भी जानती हूं, यार, कि हम न तो जमींदार, न ठेकेदार-दुकानदार। इसी गरीबी में दिन काटने हैं।···मगर एक रोटी मेहनत-मजदूरी की होती हैं। कमाने में देह टूटती है। पसीना नितरता है।···एक रोटी स्साली इस पलीत पेशे से भी जरूर मिलती है, जिसमें न औरत की इज्जत-आबरू सलामत, न मरद का गुमान और भरम। हल जोतने वालों और बोझ ढोने वालों की औरतों की तरह हम डेरे-वालियों को अपने हाड़-गोड़ नहीं चलाने पड़ते, ई तो यह सही बात है, यार! मगर जितना ही जिसम को आराम मिलता है, उतनी ही फजीहत भी है। सयाने भाई-बेटों और नाते-रिश्ते के लोगों और खसम के सामने जिस समय लाज-शरम बेचकर, रंडियों की तरह नाचना पड़ता है, उस समय तो यही लगता है, कि यार मोहना, ऐसी कमाई का अन्न खाने से तो गू खाना बेहतर है। और भैया, सुंदरिया के बहानेल्ले जागेसर-बागेसर घुमा-फिराकर क्यों कहते हो? सीधे कहो कि मेरी मां असल डेरेवाली नहीं थी, घर-गृहस्थी वाली थी।"

मरद की जात और कितना सहती? गुस्से से बौखलाता रमदिया वहां से उठा, सामने ललिता भौजी के कमरे में चला गया, "तो-तो··अरी तिखुली,

कल से तू अन्न ही खाया कर, मैं ससुरा अपने-आप खाऊंगा गू! मैं तो वही खानदानी पेशा करूंगा, जो मेरे बाप-दादे करते आए। नहीं चाहिए मुझको तेरी टांगों से निकले हुए कुत्ते भी। कौन जानता है, साले कौन-सी औकात के हैं।''
"आज से तू मेरी औरत नहीं और कल से मैं तेरा खसम नहीं। जा, दे दिया तलाक। आ गया तेरे ताबे में अब, तो जोगा मीरासी की नहीं, किसी खसिये-डुमड़े की औलाद कह देना।"

"तो, भैया, अकेले मुर्गी के चूजे जैसे क्यों घुस रहे हो, अपनी ललता भौजी के बारह पाट घाघर में? लो, भीतर लावारिस पड़े अपने बाप जोगा उस्ताद को भी लेते जाओ ना? अपने हलाल के या हराम के पैदा किए हुआओं को या मैं खुद देख लूंगी—या हाट की मैया देख लेंगी!"

ललिता कुरती-पेटीकोट में बैठी बाल सुलझा रही थी। अभी-अभी नहाकर उठी थी। एक नजर उसने कमरे के भीतर जाकर, वापस देली में बैठते रमदिया को देखा। बालों को समेटकर, पीठ पर फेंका और परों पर का पानी झाड़ती हुई-सी बोली, "मर्दों के पीछे इस तरह कल्लो जमादारिन का जैसा फाड़ लेकर नहीं दौड़ते, बहना। अरे, चार कदम चलकर इधर आ गए हैं, तो कौन तेरी सौत के घर चले गए, अपने बड़े भैया के घर ही तो आए हैं। अभी एक घुटुक चहा पिलाकर, तेरे ही पास भेजती हैं।"

ललिता अपने स्वभाव के अनुसार बातों को टालकर, बढ़ने से रोकना चाहती थी, लेकिन मोहिनी का उसका इस वक्त का मीठा स्वर भाया नहीं। आवाज को नोकदार बनाकर बोली, "क्यों, एक ही घुटक क्यों पिलाओगी, लालता दिदी—पूरी तरह पिन्हवा कर भेजो ना? गला भी इनका सबेरे से अखरा हुआ है। मेरा तो बच्चों को ही पूरा नहीं पड़ता।"

ललिता ने एक बार चोर नजर से अपने स्थूल स्तनों को देखा। मन तो हुआ कि चहेट ले, मगर फिर धीरे से मुस्करा पड़ी, "जैसा तू चाहती है, वैसा ही कर दूंगी।"

मोहिनी ललिता के ठंडेपन से ढीली पड़ गई। भीतर से जोगा की पुकार भी सुनाई पड़ी, जैसे कोई डलिया में पड़ा बच्चा भूख में चिल्लाया हो। मोहिनी

एक नजर तीर की तरह रमदिया पर फेंकती हुई भीतर चली गई।

अभी बैसाख नहीं चढ़ा था। आकाश में कहीं-कहीं बादल चीलों की तरह घूम रहे थे। हवा के रुख से यह भांपना कठिन था कि किस तरफ से आ रही है। ऊपर ठाठ बंगले की तरफ से होती हुई या कागार की ओर से। कभी-कभी नीचे शैल-घुरसों की गहरी घाटी में से नदी में पंचोला नहाने के बाद गांव को वापस लौटती औरतों की तरह भी आती है। शहर का यह हिस्सा ग्रीष्म ऋतु में भी हवा की ताजगी से भरा रहता है। मुख्य शहर से अपेक्षाकृत ऊंचाई में होने के कारण हवा में एक धीमी-सी ठंडक हमेशा बनी रहती है।

रमदिया उठा, तब दोपहर ढलने के बाद का मौसम बस्ती पर फूस की छत की तरह पड़ गया था।

ललिता अभी भी सोई पड़ी थी। रमदिया ने एक बार गौर से पूरे कमरे को देखा। दोपहर की भात की जूठी थाली चूल्हे के एक किनारे ज्यों की त्यों पड़ी थी।

लगातार कई घंटे ललिता के कमरे में रह जाने के बाद, अब रमदिया महसूस कर रहा था कि मोहिनी से लड़ने की बिसात वह खो चुका है। किसी बहाने वह अपने डेरे में वापस लौटना चाहता था, क्योंकि ललिता बता चुकी थी कि अलोपिया, रमदिया का सौतेला बड़ा भाई, शाम तक में वापस लौटेगा। रमदिया के लिए यह अहसास बोझ बन गया था कि अलोपिया अपनी लूली टांग को पसारकर बैठेगा और घूर-घूरकर उसे देखता रहेगा।

जैसे संयोग कहीं हवा में से उदित होगा, कुछ इस तरह की मुद्रा में वह थोड़ा-सा और बाहर निकल आया। देखा, मोहिनी कमरे के आगे बैठी बाल संवार रही है और बच्चे नीचे सड़क में कंचा-गोली खेलने निकल गए हैं।

रमदिया ने धीरे से पायजामा के नेफे में से चरस की पुड़िया निकाली। अधजली सिगरेट के तमाखू में मिलाया। बड़ी देर तक अपनेआपमें खोया हुआ-सा पीता रहा। मोहिनी ने एकाध बार जिस तरह इधर-उधर नजर डालने की सी सावधानी में से उसे देखा, समझ गया, कि चरस की सोंधी-सोंधी

गंध पा गई है। वह इस प्रतीक्षा में था अब कि मोहिनी जरा-सा कुछ कहे, तो—भले ही उसे डांटने के बहाने-धीरे-धीरे अपने डेरे की ओर निकल पड़े। मुश्किल से पन्द्रह-बीस गज का फासला था और वह भी आमने-सामने का, मगर अजगर की तरह लेटा हुआ था।

मोहिनी जैसे चुप साध गई थी। पीठ को पूरी तरह इस ओर कर लिया था उसने। तंग आकर, रमदिया अपनी ओर से संवाद शुरू करना ही चाहता था कि तब तक में ललिता बाहर निकल आई और लोटे में पानी लेकर, रमदिया के एक किनारे बैठते हुए मुंह धोने लगी।

मोहिनी ऐसे चौंकी, जैसे ललिता के उछाले पानी के छींटे उसकी पीठ पर जाके गिरे हों।

"क्यों वे, मोहना, अभी तक पीठ ही दिखा रही है क्या रमदिया लला को?"

"क्यों, अगाड़ी तुम्हारी पूरी नहीं पड़ी क्या?"

"असल की सूद की में बड़ा फर्क होता है, बहना! ···और फिर तू वहम की मारी क्यों बैठी है। अभी तक नहीं उतरा तेरा गुस्सा क्या?"

"मेरी चिंता मत करो, भैया! मैं तो आंख-ओट, परबत-ओट समझती हूं।" मोहिनी की आवाज में दर्प भरा था। लालता मुंह पोंछती उठी और मोहिनी के पास जा बैठी। मोहिनी जब तक में फैसला करती, लालता ने उसके बालों को अपनी मुट्ठी में कर लिया, "तीन बच्चों की मां बन गई, लटी संवारने का शऊर नहीं आया।"

चरस-भरी सिगरेट पीता रमदिया अपने खेलते-कूदते हुए बच्चों को देखता, बोला, "देख लेना, वे यार लालता भौजी! ये स्साले कभी तरक्की नहीं करेंगे। कुल्लीगीरी-कभाड़ीगीरी करके खानदान का नाम डुबाएंगे।"···

मोहिनी पलटकर कुछ उलटा-सीधा जवाब दे, इससे पहले ही ललिता ने धीमे से बालों को मुट्ठी में कस लिया, "मोहना, बच्चे पैदा करने का शऊर तो हर औरत को कुदरत देती है—खसम संभालने का शऊर खुद सीखना होता है। गिरस्थी का तो ये है, बहना, कि या तो कमर पर बर्दाश्त करो, या काला

चरेवा तोड़ो, ढांसी[1] पर रखो। अपने बच्चों के बाप को ऐसे नहीं दुतकारना होता कि कुत्ता भी सोचे कि लौटूं, न लौटूं। पगली, लोहे की बाल्टी बावड़ी में डाली जाती है ना, तो पीछे से दस गज लम्बी रस्सी बांध के डाली जाती है।"

"अब हो गया हो, लालता दिदी, तुम भी अघाए हुए ठडुवे की तरह मूंछों मठारती मत बोलो" मोहिनी पलटी और पहली बार उसके चेहरे पर एक क्षण को हंसी चमकी। तुरत ही सख्त पड़ती बोली, "तुम लोगों की तो हमेशा वही मिसाल होती है कि खाने को मन ललचावे, तो शिकारी कौवे को तीतर बतावे! ऐसी आने वाली, तुम तभी क्यों ना आ गईं इस तरफ कि ले वे, मोहना, संभाल अपने असल को? और, दिदी, खसम संभालने का शऊर मुझे क्या सिखायोगी—औरत संभालने का शऊर अपने देवर को सिखाओ।"

"हे राम, कैसा बोदा मरद लिखा मेरी कपाली में भी! ज्यों-ज्यों आंच दो, त्यों-त्यों और ठंडा पड़ने वाला लोहा एक यही देखा। मैंने तो आने वाले दिनों की दुर्गति को लेखा सामने रख दिया कि लो, मरद जात का है, कोई बात लगे।...मगर, पंख भीगे मुसिया चील जैसी भौजी की देली पर हाथ-पांव पसारकर बैठ गया।"...चरस-भरी सिगरेट का धुआं आसमान की तरफ छोड़ते हुए, रमदिया स्थिति के संभल चुकने के से इतमीनान में से बोला, "लालता भौजी, एक तेरा चैदरिया भी था। हमारे अलोपिया ददा के घर बैठने से पहले का असली दूध का निकल गया, तो द्रुत लय में ना-धिन्-धिन्ना के ऐसे टुकड़ लगाता था, तबियत खुश हो जाती थी। 'दिन्-दिन-तेटे-तेटे, तेरे दिन् ना-ना तेरे' को ऐसे उठाता था, जैसे कबूतरबाजी कर रहा हो। अपने अम्बिया स्साले के हाथ को सारंगी-तबले पर रखता हूं, तो बिच्छू का काटा हुआ जैसा अपनी महतारी की छाती से चिपट जाता है। ...मैं भी असली मीरासी हूं, तो ऐसा ही आसमान की तरफ को उड़ता हुआ धुआं इस डुमणी और यहां तक कि—इसकी नालायक औलादों का भी देखूंगा।" होंठों को

---

1. सफेद पहाड़ी पत्थर, जो प्रायः लोढ़ानुमा होता है।

समेटकर तेजी से धुआं छोड़ते ही रमदिया को इस बात का अहसास हो गया कि चरस की रौ में जरूरत से ज्यादा उलटी-सीधी बातें कह गया है, लेकिन जब तक में वह बात संभालने की कोशिश करता, मोहिनी तमककर खड़ी हो गई, "अरे, मेरे चुगद भरतार! ···यार, तू क्या नया धुवां देखेगा? मेरा धुवां तो उसी दिन से देखती चली आई दुनिया, जिस दिन से इस कबीले में जनम पा गई।···अब तो रामजी दिखाएंगे, तो मैं तुम्हारा धुवां देखूंगी, कि सात फेरे की औरत की चूतड़ पर लात मारकर, भौजी की देली पर बैठे हुए कौवे की तरह का बीटना कब तक चलता है ···अरे, ललता दिदी को क्या है? इसके तो कांटे मरे हुए हैं। आलोपी जेठ जी हैं, तकदीर के मारे हुए। एक तो हो मरद मिरासी और दूसरे हो गया हो पांव का लूला, तो उसकी गत फिर कौन सुधार सकता है?"

ललिता इस सहसा के आक्रमण को बर्दाश्त नहीं कर पाई, खड़ी होकर बोली, "अरे, मोहना! तू तो निठुर रांड है, मगर मैं कैसे निकाल देती देली में आए हुए देवर को घर से बाहर?"

मोहिनी धोती का फेंटा कमर में कसती चिल्ला उठी, "अरे, छबिल्ली, तुझे तो बैल चाहिए। बांधकर रखे रहना अपने चुगद देवर को घाघरे के नाड़े से। मुझे क्या निठुर कहती है, तिखली? कोने में लाचार पड़े रहने वाले खसम से और कलेजे पर हाथ रखकर रामजी से पूछ, कसाई कौन है? ···अरे, यार दिदी! पाल ले एक तोता और। तुझे ही मुबारक हो तेरा देवर। मेरे भाग का मैं अपने-आप भुगत लूंगी।"

शोर-शराबा सुनकर इधर-उधर से भी लोग ताक-झांक करने लगे थे। बिरादरी के कुछ लोग भी अपने-अपने घर से बाहर निकलकर समझाने लगे थे। काफी दूर पदम ठाकूर की दुकान पर पान लगवाती गुणवंती भी उसी तरफ को मुड़ गई, 'हवे, नटिनियो! आज ही मिला शकुन आंखर गाने का बखत तुमको? क्यों, वे मोहना? कहां मैं तुझको कह गई थी, आज जरा मंजीरा और खटका बजाकर मेरी आनन्दी की संगत कर दोगी तुम दोनों देवरानी-जिठानियां और कहां तुम दोनों का महाभारत शुरू हो गया है! ···क्यों हो रमदिया, तुम क्या बैठे हुए हो बीच देली में? मैं जा रही

हूं अब डेरे को। शाम होने को आ रही है। लोग भी आने ही वाले होंगे। पदम ठाकुर ठीक ही तो कहते हैं कि मीरासियों के डेरे में जब तक दिन में एक न एक वक्त तसले नहीं बजेंगे, तो गांधर्वों की जात कैसे पहचानी जाएगी!···ठाकुर साहब, आप भी आ जाना हो, मौका लगे तो शायद है, दो-चार भले लोग आएं। लालता, तू भी इतना मीठा मृत घोल दिया कर कि पेट में कीड़े पड़ने लगें।"

गुणवंती पान मुंह में भरती, दोनों की ओर चली आई, "ले वे मोहना, तू भी पान चबा और गुस्सा-मुस्सा थूक साले को। अरे आनन्दी जैसे मेरी बेटी, वैसी तुम लोगों की।"

गुणवंती का कहना लालता पर तो फलित हुआ, लेकिन मोहिनी का तैश ज्यों का त्यों था।

रमदिया चुपचाप उठकर, अपने कमरे में आया और चादर में बंधी हुई तबले की जोड़ी उठाकर जाने लगा, तो मोहिनी ने सारंगी भी पकड़ा दी, "अपना पूरा ही तामझाम लेते जाओ। मेरा हिया तो तालाब जैसा भर गया आज। मेरा भी तिरिया-हठ एक ठहरा अम्बिया के बाबू! पाल सकी, तो मेहनत-मजदूरी करके पाल लूंगी अपने छोरों को। नहीं पाल सकी, तो गले में पत्थर बांधकर रामगंगा में डुबो दूंगी।"

ललता ने सारंगी थाम ली, "अरे, मोहना, न मिले तुझको कभी खसम का सुख।···बड़ी-बूढ़ियों की तो कुछ शरम कर। गुणो दिदी भी क्या कहेगी!"

अन्दर कोने में पड़ा जोगा उस्ताद फिर कुछ चिल्लाने लगा था। ललता सारंगी लिए भीतर चली गई और रमदिया भी डेरे की तरफ चल पड़ा। मोहिनी के कुछ कहने से पहले ही, ललिता ने बोरा लाकर बिछा दिया, "गुणो दिदी बैठो हो। और लला, तुम तबले को यहीं बैठकर क्यों नहीं मिला लेते हो?"

गुणवंती बैठ चुकी, तो ललिता भीतर जाकर, हुक्के में तमाखू भरकर, नारियल ले आई और गुणवंती को देती हुई बोली, "ससुरजी बहुत जल्दी ही बोलते दिखाई दे रहे हैं।"

गुणवंती ने चौंककर उसकी ओर देखा, जैसे कहना चाहती हो कि आज का दिन भगवान बचा ले जाए। उसका चित्त सिर्फ शाम की बैठक में लगा

हुआ था। बोली, "तुम लोग नागा न करना। बैठी रहोगी, तो अन्नो को भी हिम्मत बंधी रहेगी। शायद है, फौजी लोग हैं—कुछ नशे का जुगाड़ करते आएं। चा-पानी का बंदोबस्त तो, खैर, करना ही है।"

थोड़ी ही देर में तीनों जैसे एक में गड्ड-मड्ड हो गईं। रमदिया के दायें तबले को 'दूसरे काले' तक पहुंचाने की कोशिश हवा में चिन-गारियों की तरह फैलती जा रही थी। गुणवंती को नारियल पीते हुए ही मोती उस्ताद दूर से गुजरता दिखाई दे गया और वह यह कहते हुए उठ खड़ी हुई कि, "अच्छा, रे, हम चलती हूं। तुम दोनों जरूर आना।"

मोती उस्ताद अपने-आपमें खोया हुआ-सा सीधे ओरिया पड़ाव की ओर निकल गया। अपनी बहन श्यामा के तकरार के बाद, उसने अपना डेरा वहीं धरमशाले की एक खाली पड़ी कोठरी में जमा लिया था।

उन लोगों के आपस में झगड़ने का शोर उसे गुरुकुल औषधालय में ही सुनाई दे गया था। वहीं से ठीक अपनी सीध में डेरे की तरफ बढ़ते हुए भी, एक नजर डाल ली थी और गुणवंती को बैठा देख लिया था। जब तक में वह उसके करीब पहुंचती, मोती उस्ताद ने गुणवंती के तेज कदमों से आने को अपनी पीठ पर अनुभव कर लिया था और जैसे ही वह आवाज देने को हुई, मोती उस्ताद ने बिना पीछे मुड़े ही कहा, "तेरे कदमों की आवाज को मैं साफ-साफ सुन रहा हूं, गुणो दिदी ! तुझे, शायद, मालूम नहीं—मैंने आज से पुराना धन्धा और डेरा, दोनों छोड़े। नया डेरा कर लिया है। ···लेकिन तू फिक्र मत कर, तेरी बैठक का बन्दोबस्त मैं पूरा कर आया हूं। ले, ये पांच रुपये बयाने के लेती जा।"

पांच का नोट गुणवंती की तरफ बढ़ाते हुए, मोती उस्ताद किनारे की तरफ धरमशाले की ओर बढ़ गया।

5

उत्तर की ओर काषार देवी, दक्षिण में करबला। पूर्व की ओर सुंयाल और पश्चिम में कोसी। अलमोड़ा शहर की हदबन्दी थोड़ा व्यापक परिवेश को लेकर की जाए, तभी एक समग्र-सा परिदृश्य बन पाता है। इस ऐतिहासिक चरित्र वाले शहर की उत्तरवर्ती बस्ती हीराडूंगरी और नारायण तेवाड़ी देवाल में बसी हुई है। हीराडूंगरी में ज्यादा संख्या कन्वर्टेड क्रिश्चियनों की थी। आपस में बिखरे हुए काटेजनुमा महानों वाला यह इलाका मिश्रित संस्कृति और भाषा की छटा लिए हुए था। पास में ही, पाकर-वृक्षों से भरी पतली सड़क के किनारे बने कब्रिस्तान के नीचे की ओर शैल मुहल्ला बसा था, नाचने-गाने का पेशा करने वाले लोगों की बिरादरी नारायण तेवाड़ी देवाल के मुख्य बाजार से यहां तक फैली हुई थी।

वह द्वितीय युद्ध के तुरत बाद का जमाना था। कांग्रेस का 'अंग्रेजो, भारत छोड़ो' आंदोलन यहां के वातावरण में भी विद्यमान था, भले ही उसका कोई संगठित रूप इस तरह का न बन पाया हो कि हर समय शहर के वातावरण में से स्वतंत्रता-आंदोलन की गंध फूटती रहे।

जहां आजकल जल-डिग्गी है, वहीं पर से सीमन शुरू होती थी, नारायण तेवाड़ी देवाल के छोटे-से बाजार की ओर धूनी के बंगले के पास जाकर समाप्त होती थी। पहले ही मोड़ पर एक ओर राजवैद्य सोमदत्तजी का 'गुरुकूल औषधालय' था, दूसरी ओर पण्डित ज्वालादत्त का 'पण्डित टी हाउस' और 'पण्डित टी हाउस' की बगल में ठाकुर जमनसिंह की सागसब्जी की दुकान।

राजवैद्य की 'गुरुकुल औषधालय' से आगे पण्डित जगदम्बा दत्त की बड़ी दुकान पोस्ट और आफिस के बाद मकानों का एक किंचित् लम्बा सिलसिला, जिसे कब्रिस्तान और पश्चिमी हीराडूंगरी तथा

'धार में की तूनी' को जाने वाली सड़क काटती थी। कब्रिस्तान को जाती बटिया से आगे फिर दुकानों-मकानों का एकतरफा सिलसिला शुरू होता था, जो पण्डित बिरमदेव-धामदेव बन्धुओं की गल्ले की दुकान से लेकर, किरपाल गुरु के फड़ से आगे विलायत हुसैन धूनी के बंगले तक फैला हुआ था। सड़क-सामने पूरब की ओर लच्छीराम साह की बिल्डिंग पड़ती थी और भोटिया धर्मशाला। इनसे अलग एक पुराना मकान और था, जिसमें ऊपर का हिस्सा किराये के लिए खाली रहता था, निचले हिस्से में डेविस साहब रहते थे। काफी जमीन खाली छूटती थी, तब जाके पदमा सुनारिन का घर था, जिसमें पीछे की ओर झब्बन बूचड़ का कुनबा रहता था, आगे गोश्त की दुकान थी। थोड़े-से फासले के बाद दरबारी नगर था, दरबारी नगर की बगल में कृष्णा हुड़क्यानी का एकतल्ला घर, जो बाद में 'कृष्णा पांडे कुटीर' कहलाने लगा।

अब तो बस्ती के पुराने नक्शे का रंग बिल्कुल बदल गया है। शराबी-जुआरियों और मिरासिनों के अड्डे टूट गए हैं। जिन मिरासिनों के 'मोशन राह चलते लोगों को एक ठौर इकट्ठा कर लेते थे, उनमें से बहुत की अंगुलियों में सुई-तागे के निशान पड़ गए हैं। जिनकी उंगलियां सारंगी-तबले की अभ्यस्त थीं, उनके हाथ सिलाई-मशीनों के हैण्डिल घुमाते हैं और ठेकेदार गुलपिया उस्ताद अब जूते गांठने लग गया है।

बिना सारंगी और सुंदरी का मिरासी अपनी गुजर-बसर नहीं कर सकता, मगर मोती उस्ताद के हाथ में कुछ ऐसा जस था, कि जागनाथ के मन्दिर के पंडों का जैसा हिस्सा अपने-आप ही उस तक पहुंचता रहता था। सारे शहर और खासपर्जा इलाके में अच्छे-बुरे सभी लोगों से मोती उस्ताद की दुआ-सलाम और 'स्योमान्यो' थी। मिरासी कबीले में जन्म लेने पर भी हुड़क या तबले-सारंगी से गुलपिया उस्ताद के हाथ जरा दूर ही रहते थे, मगर एक-एक राई-रत्ती की खबर मोतिया उस्ताद के मोटे और संकरे होंठों पर चरस की

लम्बी चिलम जैसी टिकी रहती थी। मोती उस्ताद का कहना था कि रायते का स्वाद राई से और जलेबी का स्वाद केवड़े के अर्क से बढ़ता है। किस आदमी से किस ढंग से बातें करनी चाहिए, इस फन का पूरे मोहल्ले में अकेला फनकार था वह, सो बिना पेशे का उस्ताद और बिना धन्धे का ठेकेदार था।

मोती उस्ताद अक्सर कहा करता था, कि 'अरे, इन रीं-रीं-पीं-पीं करने वाले उस्तादों को तो मैं चूना लगाऊं! ये ससुरे तो गले के सुर और घुंघरुओं के ताल से आगे की किसी हुनर को जानते ही नहीं, मगर मैं, तो लोगों के पांव के अंगूठों से लेकर सिर के लम्बे बालों तक की बाहरी और अंदरूनी हरेक नस को पहचानता हूं।'

और यही वजह था, नाच-गाने और महफिलबाजी के शौकीन पेशेवरों की अपेक्षा निठल्ले मोती उस्ताद की बातों का भरोसा ज्यादा करते थे। मोती उस्ताद ने उस समय की नाचने वाली मिरासिनों को श्रेणीबद्ध कर रखा था। सुशीला और रेशमा ने अभी पिछले ही वर्ष से पेशेवरी पकड़ी थी, सो अभी कलई नहीं उतरी थी। देह और आंखों का भराव अभी मौजूद था। इन्हें उस्ताद 'ककुली' कहा करता था। मालती और उसकी बहन ललता, दोनों मोती उस्ताद के शब्दों में, 'काम चलाऊ' थीं, मगर स्वभाव दोनों का कटन्नी की नोक जितना तीखा था—शक्कर घोलकर मक्खियां बिठाने की जगह, 'न आवे कोई ससुरा, तो हमारे कद्द से!' कहने की अभ्यस्त थीं दोनों—उस्ताद ने इन्हें 'तिखुली' की संज्ञा दे रखी थी। बाकी की तीनों चम्पा, चना और गुलाबी का रूप-सरूप और स्वभाव सभी कुछ औसत दर्जे का और, मोती उस्ताद के शब्दों में, 'बोदा' था, सो इन्हें उसने 'गोपुली'-टाइप औरतें घोषित कर रखा था। कृष्णा मोती उस्ताद की अपनी ही बहन थी, इस तरह के वर्गीकरण से छूटी हुई थी।

जब कभी कोई शौकीन मोती उस्ताद से सलाह लेता था, तो वह पहले ही पूछ लेता था कि पहले यह बताओ, सरकार, कि गोपुली चाहिए, तिखुली चाहिए या ककुली?'

शहर और खास पंजे के शौकीन लोग तो गोपुली, तिखुली और ककुली के बीच के फर्क को पहचान गए थे, नये लोगों को मोती उस्ताद विस्तार से

समझा दिया करता था। मोती उस्ताद के माध्यम से आने वाले सरकार-नवाब लोगों के लिए उसीके श्रेणी-विभाजन के अनुसार बख्शीश और हथछूट की रकम भी तय होती थी और उसका अपना हिस्सा बहुधा दोतरफा होता था।

गुणवंती भी मोती उस्ताद के हुनर की कायल थी, जानती थी, कि उसके पास वह फनकारी है, कि गोपुली-तिखुली-टाइप हुड़क्यानियों को भी 'ककुली' बताकर, उनकी महफिल में चांदी बरसवा दे और चाहे तो ककुलियों के पांवों के धुंघरुओं बिना छपके ही उतर जाएं।

सुलफे की गंध लेती-लेती गुणवंती मोती उस्ताद की कोठरी में पहंची, तो देखा, अदरिया और बदरिया भी वहीं बैठे हुए हैं। मोती उस्ताद की भारी-भारी-सी आवाज उसे सुनाई पड़ी, "अरे मेरे बेटो, मजे मारने के दिन तो तुम लोगों के, बस, आ ही रहे हैं। आनन्दी तो मेरी ही आंखों के आगे कंचनछुरी जैसी चमकेगी और उस छुरी को तुम अगर अपनी मूठ में रख सके, तो फिर चाहे सुसरे किसी का गला रेत लेना, चांदी ही चांदी बरसेगी।"

गुणवंती मोती उस्ताद की इसी आदत से जरूर चिढ़ती थी, कि उसकी संग-सोहबत में जो भी जाता है, चरस की लत उससे लिपट जाती है। चरस तक तो गनीमत, शराब की लत का अंदेशा भी लगा रहता है। यों चरस और शराब कोई परहेज की चीज नहीं, मगर इससे कुनबे-दारों को फटेहाली और तंगदस्ती घेरे रहती है। और समय होता तो, वह अदरिया और बदरिया को तो डांटती-फटकारती ही, साथ-साथ चोखे अक्षर मोती उस्ताद से भी कह ही बैठती, मगर इस समय मन मार लेना पड़ा।

अबतक मोती उस्ताद ने भी गुणवंती को देख लिया था, सो बदरिया के हाथ से चिलम छीनते हुए, पूछने लगा, "तुझसे जरा साफी लपेट देने को कहा, तो तू चिलम को हाथों में कतुवे जैसा क्यों घुमा रहा है। क्यों, गुणवंती दिदी, म्यूनिसिपल्टी की लालटेन की तरह बाहर ही क्यों खड़ी हो गई है?"

बाहर सांझ का धुंधलका था। अन्दर कोठरी में हलका-हलका अंधकार। चिलम की लौ उठी। मोती उस्ताद की चिपचिपी आंखें बिजली कौंधने पर

चमके तीखे कांच के टुकड़ों की तरह कौंध उठीं और गुणवंती को लगा, कि मोती उस्ताद की कंजी आंखों ने उसकी गरज को ठीक ऐसे ही पकड़ लिया है, जैसे कम पानी वाली नदी के केकड़े छोटी-छोटी मछलियों को दबोच लेते हैं।

"क्यों, रे अदरिया-बदरिया, यहां मामू के पास बैठे-बैठे क्या कर रहे हो?" कहते हुए गुणवंती मोती उस्ताद की कोठरी में घुसी और अदरिया-बदरिया टोपियों को घुमाते हुए, बाहर की ओर निकल गए।...मोती उस्ताद के मोटे होंठों के बीचोबीच चरस की एक लम्बी लौ उठी, "कब से शुरू करवा रही है आनन्दी से पेशेवरी? ले, लगा एक दम।"

कंधे पर झूलता धोती का पल्ला उठा, उससे एक कोने में चिलम को टिकाकर, गुणवंती ने हल्की दो-चार फूंकें खींची और फिर चिलम बढ़ाते हुए बोली, "मोती भाई मेरे, तू तो जानता ही है हमारे कबीलों की मजबूरियां। तेरे जीजा की आंख बन्द हुई थीं, तब से अकेली औरत जात कुनबे को संभालती चली आ रही हूं। धेली-टके जो कुछ बचे थे, अदरिया-बदरिया और आनन्दी के लिए उस्ताद रखने और जात-बिरादरी के गुनी जनों को खिलाने-पिलाने में खतम हो गए। अब फाकों के दिन करीब आ रहे हैं। मेरा इरादा तो अभी एक-दो साल और ठाली ही रखने का था, मगर निभ नहीं रही। जगदम्बा और बिरमदेव की दुकानों से उधारी चलती रही आज तक। पिछले दो महीनों से चुकावा नहीं हो पा रहा है, तो सबेरे-सबेरे दोनों ठिकानों से खाली थैली वापस ले जानी पड़ी। कलिया-बदरिया से तबले-सारंगी की संगत के अलावा और कोई काम सरता नहीं दिखता और बिगैर घुंघरुओं की जोड़ी के तबले-सारंगी की भी कोई वकत नहीं।...लाचार हो गई हूं। परसों से ही रियाज शुरू करवा देना चाहती हूं और, इसीलिए तेरे पास भी आई हो। मुहूरत की महफिल जरा चोखी हो जाती, तो अच्छा होता।"

"अरे, ऐन सांझ की बखत तू मोती उस्ताद के पास चली आई है, तो फिर मेरा जहूरा भी देख लेना। बांकेबिहारी लाल नेता से लेकर के कल्याणसिंह, चन्दरवल्लभ और भगवानलाल बैरिस्टरों का तिगड्डा तेरी महफिल में न जुटा दिया, तो मेरे नाम भी मोती ठेकेदार नहीं, मोतिया चमार रख देना।"

"मगर, मोती भाई, इस शहर के कठुवे रईस मुट्ठी कम खोलते हैं, गोश्त ज्यादा नोचते हैं। मेरी अन्नो अभी एकदम कौंली छोटी है, और यहां के चुगद लोग बड़ी गन्दी-गन्दी हरकतें करते हैं। कहीं डर गई, तो हमेशा-हमेशा के लिए उसका जी कमजोर हो जाएगा।"

"कह तो तू ठीक ही रही है, दिदी! मगर इस शहर में जो गिने-चुने रईस तबियत के लोग हैं, उनमें ये चारों सिरताज हैं। तू सच्चे दिल से मोती उस्ताद के पास आई है, इसीलिए, ले सच्ची सलाह भी सुनता जा। ये चारों इस शहर के मगरमच्छ हैं। इस तालाब में रहके इनसे बैर साधना ठीक नहीं। आज नहीं, तो कल सही। आनंदी के गले की मिठास इनके कानों तक जरूर पहुंचेगी। मेरी एक सलाह गांठ बांध लेना। इन लोगों से बैर न पालकर, जहां तक हो सके, बिगैर छम् के उस्तरे से हजामत बनाने की कोशिश करना। गरम हलुवे के पत्तल को बीचोबीच से नहीं, किनारे-किनारे से खाना शुरू करना चाहिए।" मोती उस्ताद चरस की चिलम फर्श पर उलटी करते हुए बोला, "और जहां तक परसों की महफिल का सवाल है, एक 'इस्कीम' तगड़ी आ गई है मेरे दिमाग में। अगर आनंदी की तकदीर से उस दिन पलटन के आला अफसर लोग आकर शहर में टिक गए, तो उन्हींको मन्तर लाऊंगा। बेचारे जंग के खुश्क मैदानों से तड़फते हुए घरों को लौटते हैं, तो जरा-सी तरावट से ही मस्त हो जाते हैं।···और मिलिटरी के अफसरों को खुश करने का एक सबसे बड़ा जो फायदा है, वह यह है कि इस शहर से होते हुए बेनीनाग-थल-धारचूला-गंगोली हाट और पिठौरागढ़—यानी कि इस कुमाऊं की पट्टी-पट्टी के पलटनिया लोग यहीं से होते हुए अपने घरों को गुजरते हैं। यहां से जो अफसर खुश हो के जाएगा, वह अपने घर तक के रास्ते में मिलने वाले अपने संगी-साथियों से अन्नू भानजी का जिकर जरूर करेगा। गुड़ की भेली जिकतनी ही दूर पड़ी रहे, कोई हर्ज नहीं, सिर्फ गुड़ की सुगंध को दूर-दूर तक फैलने वाली हवा का रुख ठीक होना चाहिए, समझी?"

'अरे, मेरे यार, सब कुछ समझती है, मगर औरत जात है. इसलिए कर नहीं सकती।' गुणवंती मन ही मन बुदबुदा उठी, मगर मुंह से इतना ही बोली, "अरे, मोती भाई, मरद जात की जितनी दूरंदेशी औरत जात में कहां होती है?

इसीलिए तो 'नौ टका नर, एक टका नारी। पांच गज की धोती, चार अंगुल किनारी' कह रखा है।"

"मगर, दिदी वे, उसी चार अंगुल किनारी से तो पांच गज की धोती चारों ओर से बंधी हुई रहती है। हमारे सरपिया उस्ताद को नहीं देखा तूने! कृष्णा लली ने ले मेरे यार को भोटिया कुत्ते की तरह ऐसा बांध रखा है कीले से, कि 'ग्याऊं-ग्याऊं' करता रह जाता है। लोग मेरे यार कहते हैं कि उस्ताद ने शादी नहीं की। मगर, मोती उस्ताद जब अपने दीदों से देखता चला आ रहा है, कि इस चुगद कबीले में मरद अपनी जोरू का खसम नहीं दलाल होता है, तो साले इस गिरस्थी के घेरे में क्यों अपना गला फंसाऊं?" मोती उस्ताद की आवाज एकाएक तीखी हो। उठी। बगल कमरे में, उसकी बहन श्यामा सारी बातें सुन रही थी, बीच की पटवाड़ के एक तख्ते को पीटती बोली, "अरे, तू तो दीवान खानदान में पैदा होते-होते हमारे कबीले में पैदा हो गया न? हम लोगों से इतनी ही नफरत है, तो मेरी कोठरी क्यों घेरे पड़ा है? सरपिया उस्ताद मेरा खसम है, कि तेरा! अरे, जिस चुगद को इस घर में रहना होगा, या तो मेरे ताबे में रहेगा, या ससुरा अपना रास्ता नापेगा।"

गुणवंती श्यामा को कुछ कहना ही चाहती थी, कि मोती उस्ताद ने खूंटी पर टंगा हुआ अपना पुराना कोट उतारा, फर्श पर औंधी पड़ी चरस की चिलम उठाई और यह कहता हुआ बाहर निकल गया, "अरे, इस पलीद खानदान का कद्दू मारूं! इस कबीले में तो बहन उस भाई के सिर पर चमरौधा मारे, जिसका कलेजा बहन की दलाली करने में हिचकता हो। क्या बहनों का फर्ज होता है, और किस तरह की बदसलूकी से ये पेश आती हैं। अरे, जिन टुच्चों में तहजीब नाम की चीज नदारद होगी, वो क्या समझें कि भाई-बहन का रिश्ता क्या होता है!"

गुणवंती तेजी से उठी, तो कमर में चस पड़ गई। वह जब तक में संभलकर मोती को रोकने की कोशिश करती, वह आंखों से ओझल भी हो गया। गुणवंती धीमे-धीमे बाहर निकलती श्यामा के कमरे के भीतर चली गई। श्यामा सिर्फ ब्लाउज और पेटीकोट में चारपाई पर पड़ी सिगरेट पी रही थी। धुआं कमरे के संकरेपन में से सांप की तरह निकलने की जल्दबाजी में दिख रहा था।

"क्यों रे श्यामी, कसी है?" गुणवंती ने संवाद की गुंजाइश निकालने की कोशिश में कहा, तो वह अधबैठी हो गई। बेरुखी से देखती सिगरेट होंठों में दबाए-दबाए बोली, "तुम तो ठीक हो ना? लक्ष्मण के तीर जैसा निकलता हुआ कहां चला गया कुंअर मोतीराम?"

गुणवंती को उसका सख्त और आत्मीयता से शून्य रवैया चुभ रहा था। फिर भी, अपने को संयत रखकर, श्यामा की बगल में बैठ गई। चारपाई चरमराई, तो डर लगा—कहीं श्यामा यों न कह दे कि टूट जाएगी, संभलकर बैठो।

"श्यामी, एक कोख के जाए सिर्फ आंख से ही नहीं, कलेजे से भी देखना होता है, लल्ली! मुंह-आगे का भरतार, पीठ-पीछे का भाई भाग से ही मिलता है।"

श्यामा अपनी ही जगह पर से ऐसे उठी, जैसे दुःस्वप्न देखकर जागी हो। सिगरेट का एक जोर का कश लेते हुए बोली, "राम करें, ऐसे मुंह आगे और पीठ-पीछे के कठुओं से किसीका पाला न पड़े। पेशेवरी की कमाई में दीवानों के घर के नेग कहां निभेंगे, भैया? यहां तो खसम और भाई, दोनों मेवाड़ी रजपूतों की सी आने वाले हैं लेकिन यहां श्यामी चंदन रचा के बैठी रहे, तो इसकी रोटी कौन डालेगा?"

अपनी बात पूरी करने के क्रम में श्यामा ने जिस तरह पहले अपनी अंगुली को पेट से काफी नीचे और फिर ठीक नाभि पर लगाया, गुणवंती खिसियाकर रह गई। इस बात का अहसास होते ही कि इस वक्त श्यामा से आत्मीय व्यवहार की कोई गुंजाइश नहीं, गुणवंती धीमे से उठी और बाहर चली आई।

आनंदी से नाचने-गाने का पेशा कराने की सम्भावना से जो एक सन्तोष का अनुभव हो रहा था, वह धुंधला पड़ गया। कल को आनंदी का पेशा चल गया और अदरिया-बदरिया को उसकी ताबेदारी करनी पड़ी, तो कहीं एक दिन यही श्यामा और मोती उस्ताद वाली नौबत न आ जाए? जिन बेटों की जिंदगी संवारने के लिए आज सिर्फ आनंदी का आसरा-सहारा सूझता रहा है, वही कल कहीं उनके लिए समस्या बन गई, तो?

गुणवंती थके हुए कदमों से बाजार पार करते हुए, घर की तरफ मुड़ी ही थी कि सामने से वैद्यराज ने पुकार लिया, "क्यों, वे गुणवंती, आज कैसी है अब तेरी तबियत?"

दोपहर को लगातार सात-आठ दिनों से देह टूटती लग रही है, यही हाल आधी रात के बाद रहता है, मगर आनंदी से पेशेवरी शुरू कराने की उधेड़-बुन में ही वह कुछ इतनी उलझी हुई रही थी, महसूस हो रहा था, जैसे बुखार की गांठें पड़ी हैं। परसों एक बार वैद्यराज के पास चली आई थी, और दवा ली थी, तो उस समय लगा था, बुखार तेज होता जा रहा है। और आज फिर वैद्यराज ने पुकारकर 'तबियत कैसी है' पूछ लिया, तो लगा, जोड़-जोड़ में पड़ी हुई बुखार की गांठों को एक ही झटके से खोल दिया है। एक बार उसने हाथ से ही अपनी नाड़ी देख लेने और नाभि के पास का ताप जांच लेने के बाद, गुणवंती को इस बात का इतमीनान तो हो गया कि बुखार का ताप नहीं है, बदहवासी का असर है, लेकिन फिर भी 'ओम फार्मेसी' के पास पहुंच गई।

वैद्यराज की ओर नाड़ी बढ़ाते-बढ़ाते तक गुणवंती महसूस करने लगी थी कि शाम के वक्त का झुटपुटा अंधेरा उसके भीतर से बाहर फूट रहा है। उसके दोनों हाथों की कुहनियों तक की नसें टटोलने के बाद, वैद्यराज ने कुर्ती ऊपर उठाकर, अपनी हथेली से उसकी नाभि को ढांप लिया, "क्यों, गुणवंती, आवारागर्दों जैसी सारे टोले में कहां डोलती फिर रही है, इस संझा की बेला? पहले वाली शिकायत तो अब नहीं?"

गुणवंती ने हलक से झटके के साथ उनका हाथ कुर्ती से बाहर निकाल दिया, "आजकल तो सिर्फ बुखार ही जैसा है, गुसांई, पहले वाली शिकायत तो नहीं है।"

"सफेद पानी तो नहीं जा रहा है?" पूछते-पूछते वैद्यराज के मुंह से टपकी लार उनकी दाढ़ी के बालों पर अटक गई। बात को संभालते हुए बोले 'देख, गुणवंती, काल से उम्र और वैद से रोग छिपाना पाप कहा गया है। वैद के लिए तो स्त्री-पुरुषों के सारे अंग एक-से हैं। उसको तो जड़ी-बूटी और जिस्म को एक ही भाव से देखना होता है। नाचने-गाने के पेशे में तो जिस्म पर जोर ज्यादा

पड़ता ही है और ढलती उमर में तो खास तौर से कई तरह के रोग हो जाते हैं। डाक्टर-वैद्यों की शरण लेनी ही पड़ती है। और रोग बुरा लग गया, तो डाक्टर-वैद्यों को बाप की जगह मानकर शरम भी छोड़नी ही पड़ती है। और इसीलिए हम लोगों का हाथ कभी ठौर-कुठौर पहुंच जाए, मुख से कोई हंसी-ठिठोली की जैसी बात ही निकल जाए, तो बुरा नहीं मानना चाहिए।"

यों तिरसठ रोगों की रामबाण-औषधियां जानने वाले वैद्यराज को भी एक रोग है, जिसे गुणवंती की सासू 'बकुवा रोग' का नाम दे गई थी, कि— औरों के कितने ही रोग दूर कर दे यह बैदराज, मगर अपना बकुवा रोग दूर नहीं कर पाएगा। मैं इसकी महतारी की उमिर की हूं, और यह मेरी ही लाज नहीं रखता, तो दूसरी जवान-जमानों की क्या रखेगा?

मगर, गुणवंती यह सोचकर संतोष करती रही है, कि औषधि कांटेदार वनस्पतियों की ही ज्यादा असरदार होती है। जो डाक्टर-वैद्य मुंह से ज्यादा मीठा बोलते हैं, उनकी दवा से फायदा जरा कम ही होता है। दूसरे यह तो कबीला ही शुरू से छीछालेदरी और हंसी-ठिठोली झेल-झेल-कर पेट पालने की आदी रहा है। पनवाड़ी-कबाड़ी से लेकर बनिया-वैद्य-पुलिस-पटवारी और बारहों जातों के चलते-फिरते लोगों की तबियत बहलानी पड़ती है, बानरों की महफिल में फल कहां बेदाग बचते हैं।

"क्या हो गया, वे गुणवंती, बिच्छू ने काट दिया क्या?" वैद्यराज फिर से नाड़ी को दबाते हुए बोले।

"द, वैद्यराजज्यू, हमको कौन नहीं मारता बिच्छू की तरह डंक? हमारी तो औकात ही डंक खाने की ठहरी। दुनियाभर के चूड़ी-चमारों का अलीत-पलीत भी बटोरा, तब जाके पेट पलता है। इस सारे चूड़ी-चमारों के आगे 'स्योमान्यो' कहकर सिर झुकाने वाली कौम भी ससुरी कहीं मान पा सकती हैं?"

वैद्यराज समझ गए, इस समय गुणवंती का चित्त ठिकाने पर नहीं। बोले, "तू दो-चार बोतल पिपल्यासव और अशोकारिष्ट इस्तेमाल कर ले। कभी-कभी खून की कमी से भी कलेजा फटने लगता है।...और जहां तक नाचने-गाने या किसी और किसम के पेशे का सवाल है, यह लीक तो प्राचीच ऋषि-

मुनियों के जमाने से चली आ रही है। महाराजा इंदरदेव की सभा में भी एक से एक मेनका, रम्भा और उर्वशी मिरासिनें नाचती रहती थीं। भगवान ने सृष्टि में सबको अलग-अलग काम सौंप रखे हैं। यह मिरासी कबीला कोई तेरा या मेरा बनाया हुआ तो है नहीं? अरे, प्राचीन जुग के गंधर्व कबीले की बंशावली चली आ रही है तुम लोगों में।"

गुणवंती को कुछ शांत देख, वैद्यराज फिर बोले,"तू तो जानती है, मैं तेरी सासू के बखत से यह वैद्यकी का पेशा करता चला आ रहा हूं। धूल-बरसात और पवन की संगति में बन के वृक्षों तक को कई किसम के कीड़े लग जाते हैं। पेशेवरी के सिलसिले में बारहों मुलकों और अनेकों जातियों के मर्दों की संगति-सोहबत निभानी पड़ती है। मनुष्य देह ठहरी, कई किसम के रोग-शोक लग ही जाते हैं। मुझसे तो जहां तक हो सका है, तुम लोगों की व्याधियों को हरने की कोशिश की है। हमारे लिए तो रजस्वला नारी का स्पर्श भी पाप माना गया है, मगर वैद्यकी पेशा निभाता चला आया हूं। हालांकि दूर से मुंह देखकर ही बता सकता हूं। कि वेशाल कैसी आ रही होगी—फिर भी कभी-कभी नजदीक से देख लेना जरूरी हो जाता है।···अच्छा, मैंने सुना था, तू अपनी आनंदी से पेशेवरी शुरू करवाने वाली है? अब तो कासिद भी हो गई होगी छोटी? इधर तो तूने उसका खेलना-कूदना भी बंद करवा दिया है। पहले चूरन की गोली मांगने को घड़ी-घड़ी चली आती थी।"

गुणवंती विषाद-भरे स्वर में बोली, "देखने-सुनने को तो हमने भी बड़े-बड़े रोग-शोक देखे, गुसांई।···मगर इससे बड़ा रोग इस संसार में और कोई नहीं देखा।" अपना वाक्य समाप्त करते हुए गुणवंती ने कुर्ती उठाकर नाभि पर हथेली रखी, तो श्यामा की याद आ गई। अपने को संयत करती बोली, "सोचती थी, कुछ और सयानी हो जाने दूंगी, मगर संकरे कपाल में अक्षत कहां ठहरते हैं?"

"अरे, तो क्या हो गया? आखिर तेरी ही लड़की तो है? मैंने नहीं देखी है क्या तेरी बिजली की जैसी चमक? आनंदी तुझसे भी चार अंगुल चौड़ी ही निकलेगी। नादान तो है अभी, मगर सांप के बच्चे तो पेट से ही चित्तीदार

निकलते हैं।" वैद्यराज बोले, "छोटे घरवाले जाल में और ज्यादा मछलियां फंसती हैं। आज सबेरे-सबेरे तू दोनों दुकानों से खाली थैली वापस ले गई? मेरी मान। कल सबेरे एक चक्कर आनंदी का ऊपर गफूर के बंगले से मेरी औषधालय तक का लगवा दे। जरा ठीक से श्रृंगार कर देना। फिर देख, बनियों के बंद बहीखाते तेरे लिए अपने-आप खुलते या हैं नहीं।···मगर एक काम पहले कर ले। तू तो जानने-सुनने वाली औरत है। तुम लोगों का पेशा ही ऐसा है, लाख बच के रहो, मगर रोग-शोक लगते देर नहीं लगती। मैं जरा रोगनाशक जड़ी-बूटियों से प्रक्षालन कर दूंगा, खाने की खुराक भी दे दूंगा। रोग-शोकों का अंदेशा नहीं रहेगा।···"

'प्रक्षालन' शब्द का प्रयोग वैद्यराज ने गुणवंती के न समझने के लिए किया था, मगर गुणवंती को वैद्यराज की दाढ़ी के बालों को थरथराते देखकर, यह अनुमान लगाते देर नहीं लगी कि बुड्ढा बाम्हन ठिठोली कर रहा है।

एकाएक गुणवंती मोड़े हुए कच्चे सोंटे जैसी सीधी तन गई। कहने को तो हुई, 'हम हुड़क्यानियां तो अपने पूरब जनम के कर्मों की मारी हुई हैं। जो चुगद अपनी चतुर्थावस्था में भी कन्या पर चील जैसे मंडराते हैं, उन चोट्टों की टांगों में तो ऐसे-ऐसे कीड़े पड़ेंगे, साक्षात् धनवंतरी की जड़ी-बूटियों से भी निकलेंगे नहीं। अरे, मेरे यार लोगो, गुणवंती को तो सत्यानाश कर ही दिया। अब आनंदी की मांस-बोटी का हिसाब लगाकर सौदा उधार देंगे?' लेकिन अपने-आपको खुली पोटली की तरह ठीक से गांठ लगाती हुई सी धीमे से मुस्कराकर बोली, "प्रक्षालन करके आचमन भी कर लेना, गुसांई! इस जनम में न जाने किसके पापों से रंडुवे ही मर रहे हो, अगला जनम तो सुधरेगा?"

कब्रिस्तान वाले दोराहे के पास पहुंचकर, अपने घर की ओर पड़ने वाली गली में घुसने ही जा रही थी कि बिरमदेव की दुकान में से किसी ने दबी-दबी-सी आवाज में उसे पुकार लिया, "क्यों हो, गुणवंती, जरा इधर को तो आओ!"

गुणवंती ने मुड़कर देखा। दुकान की गद्दी पर इस समय बिरमदेव का बेटा पानदेव बैठा हुआ था। अन्यमनस्क-सी गुणवंती दुकान के पास पहुंची, तो

पानदेव बोला, "तुम ठीक उसी समय क्यों आती हो सौदा लेने, जिस समय बाबू दुकान में बैठे रहते हैं? कल से जिस समय मैं बैठा रहता हूं, ठीक उसी समय या तो तुम ही ना, या चाहे तो आनंदी को लगा देना।"

गुणवंती ने लालटेन की रोशनी में गद्दी पर बैठे पानदेव को देखा और कुछ क्षणों तक उसके किंचित् विचलित-से चेहरे को देखती ही रही, जैसे आईने में आनंदी का भविष्य देख रही हो।

6

"क्यों वे, किसनियां की महतारी, आठ लौकियां तोड़ रखी थीं मैंने, डलिये में तो सात ही लगी हुई हैं?" मलेशिया की चौड़ी मोहरी की सुरियाल (पायजामा) के टल्ले में अंटी हुई मिट्टी झाड़ते हुए तिरलोक सिंह ने पूछा।

किसन की महतारी, रु पुली, बाड़े में से तोड़ी हुई सब्जियां डलिया से लगाने के बाद एक लौकी अपनी घेरदार घाघरी में छिपाए अन्दर चली गई थी, कि शायद गिनने की याद इस समय न रहे तिरलोकसिंह को। चरस की चिलम चढ़ाने के बाद कुछ-कुछ लटिया-सा जाता था तिरलोकसिंह। सामान्यतया कुछ दबा हुआ-सा दिखने वाला उसका चेहरा थोड़ा सुर्ख हो जाता था और आंखों में चमक स्मृतिभ्रंश के रोगी की तरह वह अचानक आकाश की ओर एकटक देखने लगता था और हलके से जीभ लगती थी। बातों को टुकड़ों में तोड़कर कहता था। चरस की लहर में वह कभी-कभी सिर की दोकलिया टोपी डलिया में खोंस देता था और फिर रास्ते भर सिर को खुजलाता, डलिया ठौर-ठौर बिसाता, टोपी को खोजता ही रहता था।

मगर तिरलोकसिंह यह जो कहा करता था कि 'असली खानदानी साग बेचुवा जो होगा, ससुरा बेल-पौधों की बनावट देखकर बता देगा कि बेल कितनी फैलेगी, पौधा कितना फलेगा,' सो झूठ नहीं कहता था। फूल से फुल्यूड़े में बदली हुई बैंगन, कद्दू, लौकी, तोरई, चिंचिंडे और ककड़ी आदि हरेक सब्जी की गिनती उसकी उंगलियों में अटकी रहती थी। बेचने लायक सब्जियों को तोड़ने के बाद

वह बाकी सब्जियों का भी हिसाब लगा लेता था और जो सब्जी बिक न सकती हो, उसे ही घर वालों के खाने के लिए छोड़ता था। रोजगारी आदमी की जीभ रस-लोलुप नहीं होनी चाहिए, यह तिरलोकसिंह का कट्टर सिद्धान्त था। जब कभी वह अच्छी सब्जी या हरी ककड़ी भूले-भटके खाता भी था, यही लगता था, जैसे इक्कनी-दुअन्नी और चवन्नियां चबा रहा हो और उसे हर चीज बेस्वाद लगती थी, 'ससुरे सागवाले की तो साग लगाते-लगाते और बीनते-बीनते ही तबियत भर जाती है; फिर खाने में स्वाद कहां आता है? जिसको खुद ही बकरियों का गोश्त खाने का चश्का लग जाए, वह ससुरा गेरड़िये का धंधा क्या करेगा। उसकी तो यह हालत होगी, किसनिया की मां, कि जहां ससुरी पठिया यो हिलवान गया दो से ढाई सेर वजन पर, चट पीसो मसाला, पर डालो भड्ड में!'

अलमोड़ा शहर के आस-पास गांव खासपर्जा इलाके में गिने जाते हैं। और अलमोड़ा शहर के लिए साग-सब्जी और दूध-दही की पूर्ति इन्हीं खास-पर्जा इलाके के भाटे-भटेला-बल्ट-भुल्यूड-जखेटा और फलसीमा-खत्याडी-बड़-सिमी-तलाड़-पहल आदि गांवों से होती है। कुछ दूधिया लोगों के हैं, कुछ साग वालों के। बल्ट-भुल्यूड-जखेटा गांवों में खेती योग्य भूमि तो इतनी नहीं, कि वर्ष-भर के लिए अन्न जुट जाए और नून, तेल, कपड़े जैसी जरूरी चीजें भी। साग-सब्जियां उगाने के लिए वहां की मिट्टी बड़ी उपजाऊ है, सो साग-सब्जी उगाना-बेचना वहां के किसानों को शुरू से ही मुख्य पेशा और रोजगार रहा है।

यहां के अधिकांश साग-बेचुवों की सब्जियां बेचने का कुछ ऐसा खब्त चढ़ा रहता है कि ये लोग अपने घरवालों के खाने के लिए सब्जियां घर पर छोड़ने में तकलीफ महसूस करते हैं। गांव में कमोबेश ऐसे ही साग-बेचुवा लोगों की बस्ती थी, मगर तिरलोकसिंह तो उनमें भी अंगूठी में के नग जैसा अलग ही था। बाजार को जाते समय ज्यादा वजनदार डलिया हो, उतना ही तिरलोकसिंह प्रफुल्लित रहता था और घर लौटते समय हलका-फुलका बनकर लौटने की आदत पड़ गई थी। चार-छै आने की जो मिसरी-जलेबी कभी भूले-भटके लाता भी था, उसे बाजार से भुल्यूड गांव तक रास्ता तय करने में आधी से ज्यादा खुद ही टूंग लेता था।

किसन की महतारी अभी असमंजस ही में थी कि छिपाई हुई लौकी को रखे, या लौटा दे। उसने तो यही सोचा था कि शायद आज सुलफे की तरंग में एक लौकी की गिनती विसर ही जाए। बाजार पहुंचने पर गिनता, तो यह बहाना कर देती कि 'बेसुध जैसे तो चलते हो, कहीं सड़क पर गिरा दी होगी! या अलमोड़ा के किसी शरारती छोकरे ने खिसका ली होगी डलिया में से!'

रुपुली ने सोच रखा था, तिरलोकसिंह के जाने पर लौकी की सब्जी बना डालेगी। घर में इतना साग-पात होता है मगर बच्चों को अघाने का सुख नहीं मिलता। कभी-कभार चोरी-पचोरी से ही जो कुछ खिला दिया, उतना ही पाते हैं छोरे! बड़ा बेटा रतमिया तो जैसा है ही। बिल्कुल बाप के पांव रखकर पैदा हुआ है। इधर कुछ दिनों से इसीलिए उसने रतनिया की जगह, छोटे बेटे किसनिया के नाम से पुकारना शुरू कर दिया है। छोटे बच्चों की आंखों में तैरती हुई अतृप्ति सालती है। दुबारा-तिबारा साग-सब्जी मांगते हैं, तो दे नहीं पाती और छोरे, खाल पड़े कटोरों को उलट-पुलटाकर चाटते हुए, भड़ुवे या बेझर की रोटी के टुकड़ों को हाथ में लिए-लिए कुत्ते जैसी आंखों से घूरने लगते हैं।

लौकी को घाघरी के घेरे में से निकालती रुपुली उसकी सब्जी बनाने की बात सोच ही रहीं थी, कि बाहर से तिरलोकसिंह ने पुकार लिया। मन हुआ कि बाहर जाकर आज जरा ततार जैसी दे ही दे कि 'क्यों हो, जरा एक लौकी निकाल ही ली है तो कौन-सी अशर्फी निकाल ली है। तुम्हारे बटुवे में से? साग-सब्जी गोड़ते-संवारते और पानी सींचते में कमर अपनी ठौर नहीं रहती है, मगर साग-सब्जी खाने के सुख के नाम पर बेल-पौधों पर लटकती हुई सब्जियां देख-देखकर अपनी ही थूक घुटका-घुटकाकर मन भरमाना पड़ता है। हमारी तो बस, मुर्गियों के जैसे अण्डा सिंकाई हो रही है। सब्जियों का स्वाद तो बजरिये ले रहे हैं।'

रुपुली अभी तक ठांगर पर चढ़ाई हुई बेल जैसी अपने से ही उलझी हुई थी। लौकी को उसने ऐसे पकड़ रखा था, जैसे अपना कलेजा ही निकालकर हाथ में पकड़ रखा हो। उसे लग रहा था, आज लौकी हाथ से छूटेगी नहीं और उधर तिरलोकसिंह डलिया को सिर-ऊंचे चौंतरे पर चढ़ाकर, बेर-बेर उसके नीचे सिर लगाता था और बेर-बेर बाहर खींचकर, मुंह को पगुराती भैंस की

तरह चबर-चबर चलाते हुए, चरस की गंध को नाक से पकड़ रहा था।

कुछ सोचकर रुपुली बोली, "हां हो, आज एक लौकी घर पर ही छोड़ जाओ। उदिया-मधिया छोरे सात-आठ दिन से लौकी का साग, लौकी का साग कर रहे हैं। हमने तो अभी नई फसल का फुल्यूड़ा भी नहीं चखा।"

"तुम लोग चखो मेरी भंगसेटी।" तिरलोकसिंह कुत्ते का काटा हुआ जैसे चिल्ला उठा, "चार दिन साग बेचने के ये बैशाख-जेठ-आसाढ़ के ही तो होते हैं जब तक बाजार में सब्जियों के खत्ते नहीं लगते! फिर चौमास भर लौकियां को इकन्ती-दुअनी में भी कौन पूछता है? और इन महारानी के फुद्दों की लपलपिया साली ऐन रोजगार के मौसम में ही ज्यादा ल्याप्प-ल्याप्प करती है। ले मररी यार, अपने बाप की जोरू बन जा तू। हाय रे, सब से सिरताज लौकी खिसका ले गई! अरे, रख ससुरी लौकी को लौकी की जगह पर। अपने घाघरे में कहां घुसेड़ रही है? आज सारी सब्जी लाठ साहब के बंगले में पहुंचानी है मैंने!"

रुपुली अन्दर ही खड़ी थी, मगर वह जानती थी कि बाहर आंगन में से तिरलोकसिंह की गिद्ध-दीठ उसकी देह पर बल्लम जैसी लगी हुई है। मन मारकर, रुपुली मुड़ी। लौकी डलिया पर रख आई और भीतर आकर सोए हुए उदिया-मधिया की झांकरियां झनमनाने लगी, "लो, उठो मेरे फुद्दो! ससुरी, खाओ नई लौकी का साग! द, तुम दुष्टों की जीभ कभी नहीं चख पावेगी लौकी का साग, ससुरो! न जाय तुम लोगों के सिर ते सावन का हरियाला। तुम्हारी जनेऊ, पत्थर पर रह जाय। सेंतने वाला न काटे इस साल की ऋतु। हे राम, जैसे तीन तिरलोक इन ससुरे बाप-बेटों ने मिलकर मुझ अभागिनी को दिखा दिए हैं—होगा कोई साक्षात् इंसाफ करने वाला, तो सिर्फ रात-रात के खसम ससुर को भी दण्ड जरूर दिखाएगा।"

मां की चीखने की आवाजें सुनकर उदिया और मधिया जाग गए थे और रुपुली को लग रहा था, आज जब तक इन दोनों छोरों का गला नहीं घोंट लेगी, तब तक उसके कलेजे का दाह कम नहीं होगा। सब्जियां ले जाकर बेचने तक की बात तो सही जा सकती थी, क्योंकि सभी साग-बेचुवों के घर की यही दशा थी, मगर जहां कई और साग-बेचुवे सब्जियां बेचकर चाय-मिसरी-गुड़ की

भेली, नून-तेल, तमाखू जैसे घर-जरूरी चीजें और अपने बाल-बच्चों के लिए जलेबियां-शकरपारे लेकर लौटते थे, वहां माधोसिंह जुआरी और तिरलोक सिंह की जोड़ी आधी रात को पपड़शिला के पास के टीले पर बड़ी देर तक चरस चलाने के बाद बैठकों के गीत गाते हुए लौटते थे—'अरे बाबा, वे मेरी कफुली, हाई रे, केले जैसी तू पकी हुई है तू—हाई, मैं मारुल हाथ, मेरि मुरुलि बाजिये…'

जाते समय बड़े जतन से डलिया सजा-सजाकर जाते थे दोनों। मोल-भाव न पटने पर भरी दोपहरी में तल्ली बाजार मल्ली बाजार तक के चक्कर काटते थे, मगर जहां सब्जियां बिकी नहीं, कुछ समय रतन लाल के फड़ में छक्के-पंजे का जोड़ा लुढ़काने में कटता था। कुछ भिमुवा ठेकेदार की भट्ठी में और कुछ लौटते-लौटते मिरासिनों के गीत सुनकर, सीटियां बजाने में। इन तीन ठिकानों से होते हुए आधी रात को ठोकर खाते, गंदे गाने गाते हुए घर लौटते थे, तो मुंह से शराब या चरस की बदबू बाकी बची हुई रहती थी और जेबों में जलेबियों और पान-सिगरेट के दाग।

तिरलोकसिंह की जी दुखाने वाली बातों को याद करते-करते, रुपुली की आंखों से आंसू नितरते चले जा रहे थे और उदिया-मधिया की झांकरियां उसके हाथों से छूट चुकी थीं। उदिया-मधिया बिल्ली के नीचे हुए पिल्लों जैसे एक कोने में दुबक गए। भूख से उनके पेट कुलबुला रहे थे। कलेवा करने का समय हो गया था, मगर अपनी मां का रूप देखकर सहम गए थे। बड़ा बेटा करमिया परसों बहन के गांव चला गया था—भिटौली देने। लौटा नहीं। रुपुली जानती थी, कहीं यार-दोस्तों में ताश फल्लाश खेलता, वहीं पड़ा रह गया होगा।

थोड़ी देर हिचकियां भरते रहने के बाद एक कोने में पिल्लों जैसे दुबके, भय से फैली आंखों से अपनी ओर ताकते उदिया-मधिया को रुपुली ने देखा तो तेजी से उनकी ओर लपकी, "अरे, तुम अनजान छोरों को दी हुई सारी गालियां मुझ रांड पर ही पड़ जाएं।" तभी बाहर चौतरे पर जूते उतारकर करमिया अन्दर घुसा, "ठंडी-ठंडी छांव में खजूर के तले। हो ओ-ओ-ओ…"

"क्यों रे, आ गया नौटंकीबाज?" रुपुली को लगा, मानो नौटंकी-सिनेमा

के गीत गाता तिरलोकसिंह ही वापस लौटा है।

आखिरी फूंक खींचकर बीड़ी को अंगुलियों से दूर छिटकाते हुए, रतनिया बोला, "ले-तेरी, आंखों के सामने खड़ा है और महतारी पूछ रही है, क्यों बे, आया, या नहीं? यह नहीं कहेगी, कि आ चेले, चहा पीले, रोटी-साग खा ले!"

रोटी-साग का नाम सुनते ही रुपुली फिर क्रोध से भमक उठी, "अं, आ खिलाती हूं तुझे रोटी-साग। धर गया है तेरा बाप अपने हाड़ा चढ़ाती हूं अभी चूल्हे में।'' कहने को तो कह गई रुपुली मगर फिर पछताने लगी, कम से कम ऐसी कुलच्छिनी भाषा तो सुबह-सुबह सुहागिनी को नहीं बोलनी चाहिए।

बहन के यहां का लौटा रतनिया रात बल्ट गांव के अपने दोस्त अमरुवा बवाली के घर पर ही रह गया था। कोटपीस खेलते-खेलते रात बिता दी थी, मगर खाने-पीने के नाम पर एक बार गुड़ की कटकिया चाय पी रखी थी। इस समय वह भूख और नींद से खीझा हुआ था। रुपुली का रूखा व्यौहार और बिफरा हुआ चेहरा देखकर, और भी ज्यादा झुंझला उठा, "अरे, मेरे लिए तो जैसा बाप, वैसी महतारी। बौज्यू से कहा था, एक सूट बना दो। आज सर्दी खिसक के चौमास लगने को आ गया। तुझसे कभी रोटी-साग भी मांगी, तो आंखें तरेरती कालिका जैसी झिंझोड़ने को आती है। न देवे परमेश्वर किसी साले को ऐसे निर्मोही मां-बाप। ऐसों से तो औलाद लावारिस ही भली!"

"हे राम, औरों की भी औलाद होती है। बगल में ही देवरानी का नादान बेटा खेतों से थकी मां लौटती है तो पांव की पिण्डलियां दबाने लगता है। कहने को विधवा है, मगर एक नादान बेटे से ऐसे-ऐसे सुख पा रही है, जैसे तुझ जैसे हजार कपूतों से नहीं मिल सकते।"

"क्यों रे रतना, चेला! तूने कभी अपने हिये को भी टटोला? जिस दिन से इस घर में मेरे पांव पड़े, बिना चौमासे का कोई दिन मेरी आंखों ने देखा नहीं। जुआरी-शराबी और कंजूस खसम से कपूत जनमाने के अलावा और कोई संसार का सुख नहीं देखा। सोचती थी, खसम तो जैसा मिल गया, पूरब जनम के पापों का दण्ड मिल गया; मगर संतति जरा सुधर जाएगी, तो सब्र कर लूंगी।

मगर एक तू सयाना हुआ, तो तुझे गुच्ची, ताश और नौटंकी, सिनेमा के गीतों से ही फुरसत नहीं मिलती। कभी तूने एक आंखर यह भी पूछा, कि महतारी, रात-दिन तू मसूर जैसी बोती रहती है, भरे-पूरे परिवार में ऐसा कठकीड़ा क्या लग गया है, तुझे? जिस पौधे को ऊपर से जानवर नोच खाएं, मिट्टी-नीचे की जड़ों में कुर मुल कीड़ा लग जाए, उसकी गति कैसी होगी, लला? सिर पर का छत्तर खसम भंगखद्दी, डोमनियों जितना भी मेरा भरम नहीं रखता। आंचल की आस-औलाद की ममता दिखाई नहीं देती। दो जलती भट्ठियों के बीच में यह बदनसीब औरत कहां तक साबित बचेगी?"

वह सुन रहा था। बचपन से ऊधम करते-करते अब सयाना होने को आ गया था तो, चित्त भी दिन पर दिन शिल जैसा ठोस होता चला गया था। रुपुली की आंख का जल ठहर ही नहीं पाता। फिर आज तो वह और दिनों से ज्यादा कुढ़ा हुआ था। कोटपीस खेलते-खेलते अमरुवा बवाली और वह फल्लाश खेलने लगे थे और बहन से जबर्दस्ती थमाए हुए दो रुपये वहीं हार आया था। कहां उसने सोचा था, फल्लाश में कुछ पैसे खींच लिए, तो फिर सीधे बाजार को चल देगा। दिन-भर मटर-गश्ती करेगा, चाट-भटुवा-चकलेट उड़ाएगा और शाम को 'जम्बू का बेटा' देखने चला जाएगा। दूसरी सुबह को घर वापस आएगा, तो छोटे भाइयों के लिए जलेबी रख लेगा और मां के लिए मिसरी-गोला। मगर नंगी जेब और खाली पेट लिए ही लौटना पड़ा था और ऊपर से मां विलाप करती, उपदेश दे रही थी। उदिया और मधिया को उसने आंचल से लगा रखा था, मगर उसकी ओर, अभी भी, रोष-भरी आंखों से देख रही थी।

बोल उठा, "तुम लोग तो जनमाने तक के माता-पिता हो, भैया! पालने-पोसने के नाम पर बाप के पास सुंगरों का जैसा डुडाट है और तेरे पास केकई का जैसा विलाप। साले, इतने बाग-बगीचे तो लगा रखे हैं, मगर खाने के लिए साग-सब्जी हराम हो गई। ले मेरे यार, बौज्यू तो रकम गांठते हैं, अत्तर-ठर और जुए के फड़ों में गुलछर्रे उड़ाते हैं—यहां बेटे के चूतड़ों पर टल्ले पड़ गए हैं। बहन के घर जाओ, तो जी खट्टा हो जाता है। औरों के भी तो बेटे हैं।

कोट-कालर-टाई लटकाते हुए और सैर करते हुए कभी मेले-ठेलों में निकल जाते हैं, तो देखने वालों की पहचान जाती रहती है कि—शहर के रईसों के बच्चे हैं, या साग-पात बेचने वालों के। रतनुवा बेटा तो मां-बाप के होते ही लावारिस औलाद बन गया है।"

"परमेसुर करे रे, मुझ रांडी से तो यह घर खाली ही हो जाए।" रुपुली ने कन्धे से चिपके खड़े उदिया को और छाती चूसते मधिया को जोर के झटके के साथ इधर-उधर फेंक दिया, "अरे, मेरा तो जब अपना ही दूध मुझ रांडी को यों कलेश देता है, तो वह पराया पूत, सुसरा खसम क्या सुख देगा? बाप की टांगें खींचने को तुम ससुरे मर जाते हो? जिस तरह अपनी इस महतारी रांडी को झिंझोड़ने को दौड़ते हो, ऐसे ही बाप रंडुवे से क्यों नहीं चिपटते? बाप से तो सब लिलुरी-लिलुरी लटपटाते हैं। महतारी बिना सींग-पूंछ की पा रखी है, मार बनबिलारों का जैसा गुगार करते हुए—मुंह नोचने को प्राते हैं। कौन महतारी रांड ऐसी होगी रे रतना, जिसका हिया अपनी संतान को सुख के गास खिलाने को नहीं ललकता होगा? मगर मैं अभागिनी क्या करूं? एक लौकी निकालकर लाई, तेरे बाप ने जमीन में भी नहीं रखने दी। सारे चैत-बैशाख प्याज खाते-खाते मुंह सड़ने लग गया। तुम छोरे मेरी जान खाते हो। लो, मेरी देह में तो ये तुम्हारे ही लझोड़े हुए थन लटकते रह गए हैं—इन्हींका शिकार पका खाओ!"

बोलते-बोलते, रुपुली का गला बांस जैसा चिर गया और वह जोर-जोर से विलाप करने लगी, "यार निठुर परमेसुर, ऐसे पलीत नारी-जनम से तो चौरस्ते की कुतिया बनाया होता, तो सुख से रहती मैं···"

रतनिया ने अपनी ही जगह पर धनुष की तरह खिंचते हुए, थोड़ी देर तो एकटक मां को घूरा और फिर तेजी से दराती लेकर, खेतों की ओर लपका, "करती रह केकई जैसा विलाप। और कुछ जो तुझसे हो सकने वाला होता, भैया, तो आज तेरी यह गति ही क्यों होती? कुछ नहीं, ससुरी औरत की जात भी! झब्बन बूचड़ की छुरी के नीचे पड़ी म्यां-म्यां मिमियाती रहेगी, लेकिन ये नहीं होगा कि मार जूतों के ससुरे मरद की खाल उतार ले।"

थोड़ी ही देर में वह तिरलोकसिंह के द्वारा कल के बेचने के लिए अनुमान लगाई सब्जियां तोड़-तोड़कर, डलिया भर के लौट आया, "अरे, हमारे गांगी चाचा ठीक कहा करते हैं, कि बेटे, हलुवे का स्वाद लेने के लिए अपनी ही जीभ लगानी पड़ती है। आज से साली अपने हिस्से की सब्जी मैं खुद ही बेचने ले जाया करूंगा। दब के रहूंगा, तो जूते के भीतर की जीभ की तरह दबाया जाऊंगा। कब तक भाड़ झोंकता रहूं आखिर? पत्थरों के नीचे दबी हुई दूब की गांठ तो हरी हो नहीं सकती।"

रुपुली जल्दी से उठी, बाहर आई। रतनिया की ठुड्डी में हाथ लगाती बोली, "रतना रे, ऐसा मत कर, चेला! तेरा बाप तो कसाई किसम का आदमी है। बाजार में ही कहीं आमने-सामने भेंट हो जाएगी, तो सिर फोड़ डालेगा तेरा। ला, इधर रख डलिया। ला, तेरे लिए लौकी कढ़ाई भर के साग बना दूंगी। तेरे बाप से कह दूंगी, गुस्से में मैंने ही तोड़ डालीं सब्जियां। अपने-अप लतियाएगा मुझे। तु नादानी मत कर..."

"अरे, तू आज छोड़ तो दे, महतारी!" रुपुली का हाथ हटाते हुए रतनसिंह बोला, "तू समझती है, मेरा बेटा साला उजड्ड है, उल्लू का पट्ठा है! मगर महतारी, मैं भी उसी बांस का लट्ठ हूं। ठहर, ठहर जा, मेरे बाप, तेरी आवारागर्द जिन्दगी को जो मैंने जसुवा कोढ़ी की तरह एक ठौर खड़ी रहने वाली नहीं बनाया—और वो भी सिर्फ चंद, गिने हुए दिनों के अन्दर, तो मुझे भी ठाकुर का नहीं, चमार का बेटा कह देना।"

रुपुली लाख रोकती रही, मगर वह रुका नहीं। जाते-जाते एक बड़ी लौकी रुपुली की ओर और एक ककड़ी सीढ़ियों पर गौरैया के भीगे हुए जोड़े जैसे खड़े उदिया-मधिया की ओर फेंक गया, "अरे यारो, जो जैसा करम करेगा, वैसे फल भुगतेगा, मगर तुम क्यों कलपते हो? महतारी, उदिया-मधिया को आज कढ़ाई भर के साग खिला देना। मेरे लिए मत रखना। मैं तो आज खिमुवा चचा के होटल में कलेजी-गुर्दे के भटुवे के साथ डबलरोटी ठोककर घर वापस लौटूंगा।"

उदिया-मधिया तो ककड़ी लेकर पिछवाड़े की तरफ चले गए, मगर

रुपुली से थोड़ी देर तक लौकी उठाई ही नहीं गई, "हे राम, न होने पावे इन दो बाप-बेटों की बाजार में आमने-सामने भेंट! अहा रे, सास का उदर अलग था, मेरा उदर अलग, मगर सांड़ों की जोड़ी एक सरीखी जनम गई है!"

रतनसिंह आंखों से ओझल हो गया, तो मन मारकर रुपुली लौकी काटने बैठ गई। ऊपर काषार देवी के शिखर पर से पक्षियों का एक बड़ा-सा झुण्ड उड़ता छत पर से गुजर गया।

"मैया, तू ही पत रखना।" रुपुली ने चिड़ियों के झुण्ड की ओर हाथ जोड़ते हुए कहा और साग काटकर, डलिया में पड़े किसनिया को दूध पिलाने को भीतर मुड़ गई।

7

सुबह-सुबह घाटियों पर से आकाश की ओर उमड़ते समुद्र की तरह उठता हुआ कोहरा अब धीरे-धीरे छंटने लगा था। गुणवंती बाहर निकली थी, तब कोहरों में जंगल तक डूबे हुए थे, लेकिन इस वक्त काषार देवी के मंदिर के चारों ओर के चीड़-वृक्ष धीवर उतारकर समवेत वेदपाठ में आत्म विस्मृत ऋषियों की सी मुद्रा में खड़े दिखाई दे रहे थे। हवी नदी की तरह बह रही थी—और ऐसे में हलकी-सी धूप का वातावरण में फैलना काफी मोहक लग रहा था। चुभती हुई सर्दी के बीच एक धीमी-धीमी ऊष्मा का सा अहसास नींद में से उठकर एकाएक बाहर चले आने के आलस्य को सार्थक करता लग रहा था।

गुणवंती धीमे से सीढ़ियों पर से नीचे उतरी। एक कोने में बैठकर लघुशंका से निबटी। कुर्ती के खुले बटन ठीक से लगाए। चारों तरफ उड़ने को पंख तोलते पक्षी की सी मुद्रा में देखने के बाद, गुणवंती ने एक बार गोठ वाले कमरे में झांक लिया। दरवाजा बन्द था, सिर्फ दोनों बेटों के अक्सर दिखने वाले चेहरों की कल्पना ही वह कर पाई कि गहरी नींद में कैसे लग रहे होंगे। फिर सुदूर की यात्रा से लौटी हुई सी, सीढ़ियां चढ़ती, ऊपर चली आई।

संभालते-संभालते भी खांसी के वेग को थाम नहीं पाई गुणवंती, तो कुछ देर वहीं बैठ गई। खांसी थमने पर, सिर के बिखरे हुए बालों को ठीक किया और भीतर की ओर झांकते हुए, आवाज लगाई, "आनंदी, चेली, अब उठ जाती रे! वो देख तो कासार मैया के मंदिर में घाम चमकने लगा। जखेरा-भल्यूड़ के साग-

पात बेचने वाले और दूधिये सड़क पर आते दिखाई देने लगे हैं। कुछ तो सर्दी के ऐन बाद का मौसम, कुछ बुढ़ापे की मार—खांसी चढ़ती है, तो मार चढ़ती चली जाती है। चेली, जरा उठकर, काली मिर्च का चहा का एक घूंट अपनी इस महतारी के सिर पर डाल देती··· हाय, अब तो छोटी चौमासे की लौकी जैसी बढ़ रही है। रात को सुलाती हूं, और सबेरे उठकर देखती हूं—तेरे गोरे-गोरे पांवों की बलैया लूं, कोंपल आगे निकाले रहते हैं। स्टोव तो मिट्टी तेल के बिना सरकार की गति में लगा हुआ है, चेली! छिपिल जलाकर, चूल्हे में ही बना ले। पिसी काली मिर्च अमृतांजन वाली शीशी में पड़ी होगी। चीनी मत डालना, गुड़ की डली देना। खांसी-कफ में गुड़ ज्यादा गुणकारी होता है···"

आनंदी को गौर से देखती गुणवंती पाल पर बिछे बिस्तर पर ही बैठी, चाय बन जाने तक के समय को गुनगुनाकर बिताती रही।

"ले, मां, चाय!" कहते हुए आनंदी ने कलई के गिलास को गुड़ की डली के साथ आगे बढ़ाया, तो गुणवंती की नजर उसके लापरवाही और घरेलू निश्चिंतता के बीच उघड़े ब्लाउज की ओर चला गया। एक धीमी सी मुस्कराहट गुणवंती के होंठों पर उभर आई। आनंदी को अपने पास बिठाकर, प्यार से उसका सिर थपथपाती बोली, "अभी मैं यों ही गुनगुना रही थी, तो अचानक ही गाने का ये मुखड़ा निकल गया, 'आयो बसंत, सबहि बन फूले···सबहि बन फुले जी, सबहि बन फुले···फूले गोरी तेरे अंग···ए-ए-ए···सबहि मिल आज मचायो रंग।'···तुझको तो मैंने बताया ही था, चेली, कि शुद्ध भैरवी के सुरों में इसे गाया जाता है। दीपचंदी ठेका लगता है। रिखब-निषाद, दोनों कोमल लगते हैं।···हां, तो कहने वाली मैं यह थी कि माघ का महीना बीतने को आ गया है, फागुन आता ही होगा। अबकी जो होलियों की बैठकें होंगी, उनमें तुझे भी गबाना है मुझे। लोग देखें तो सही कि गुणवंती की बेटी में कुछ खानदानी गायकी आई भी है, कि नहीं। काफी और खमाज थाट को कुछ राग-रागिनियों का खास तौर से अभ्यास कर लेना। अभी चक्करदार तिहाइयां पड़ने पर सम पर ठीक से नहीं आ पाती है तू। खैर, गायकी तो चार जानने-सुनने वालों के बीच शिरकत करने से ही आती है।···तू कहेगी, आज मां सुबह-सुबह कथा बांचने बैठ गई है, लेकिन बहुत दिनों से मैं इसी

इन्तजार में थी कि तू सुनने काबिल हो जाए, तो कुछ कहं।···हम लोगों की कला पुश्तैनी होती है और इसमें सिर्फ राग-रागिनियों को ही नहीं समझना पड़ता, जिंदगी की ढेर सारी दूसरी हकीकतों को भी समझना पड़ता है। अभी-अभी तुझे देख रही थी, तो मुझे अपनी जवानी के दिन याद आ रहे थे। मेरी तो सात बरस की उम्र में ही शादी हो गई थी, तू तो सत्रहवें में लग गई। मेरी सासूजी अपने वक्त की नामदार मिरासिन थीं। पहाड़ी गाने भी क्लैसिकल के सुर लगाकर गाती थीं और बड़े-बड़े रईसों की बैठकों में आना-जाना था उनका। तुझको तो पिछले कातिक से सत्रहवां लग गया। इस ठंडे मुलुक में हर चीज देर से बढ़ती है। बनारस-लखनऊ में तेरी उम्र की लड़कियां मुजरा करने लगती हैं।"

आनंदी चुपचाप सुन रही थी। गुणवंती ने एकाएक कहा, "जा, तू भी चहा पी ले, चेली!"

आनंदी चाय का गिलास हाथ में लिए, थोड़े-से फासले पर आकर बैठ गई, तो गुणवंती ने इतमीनान से कहना शुरू किया, "ये संसार विचित्र है, चेली! यहां पर तू यों समझ ले कि फूल तो सैकड़ों जात के होते हैं, मगर उनपर मंडराने वाले भौंरों की जात एक सरीखी होती है।···हम मिरासिनों की जात क्या है, वह तो एक निराधार बेल है। जैसे बन की बेल पर कौन जात का पंछी बैठा, कौन जात का नहीं, ठीक ऐसे ही, हम मिरासिनों के घर न जाने कौन जात का मरद कब आ बैठता है। ब्राह्मण आए, बनिया आए और चाहे ठाकुर आए या डोमड़ा—मिरासिनों के पास तो हर कोई जात सिर्फ एक ही किसम की हविश लेकर आती है।···कानों से गाना सुनने वाले आंखों से गोश्तखोर ये लोग, चेली, व रसिया यार किसके, दम लगाई और खिसके वाली मिसाल के होते हैं। इनसे बहुत होशियारी से निबटना होता है।"

अपनी बेटी को आज दीक्षा देने बैठी हुई थी गुणवंती, आज का दिन उसके लिए सख, भावावेश और विषाद का मिला-जुला दिन था। उसकी चलती के दिन बीत चुके इस पेशे में। 'सोलह की छबीली, छत्तीसा छकड़ा,' कहलाती है, मगर गुणवंती ने तैंतालीसवें बरस को भी छोड़ दिया, पेशा नहीं छोड़ा। देह में झोल पड़ गए। चार-चार बच्चे हो चुके, कमर पथरा गई, मगर जिस समय घुंघरू पैरों में बांधे 'बाली उमर बरकैयां, ना छेड़ो सैंया' के बोलों पर बांस की कोमल

तनी सी लचकती चली जाती गुणवंती, अच्छे-अच्छों की नजर बांध देती थी।

अब तो कुछ वैद्यराज दुर्गादत्तजी विमुख हो गए, कुछ उम्र की मार पड़ी, मगर बीते महीने तक यही कहा करते थे, कि गुणवंती तो अलमोड़ा की घुरुवा-चुपुवा मिरासिनों के बीच की मेनका अप्सरा है। अरे, इसीकी बदौलत यह चेचकरू चेहरे जैसा मनहूस मोहल्ला इंदरदेव का अखाड़ा बना हुआ है। अहा-रे, ताक-धिन्ना, ताक-धिन्ना, तिरकिट गिन्ना—का गुणो, जीती रह बिजुली। तेरे छमछमिया पांवों की चाल किसी ने नहीं पकड़ी। मेरी मूंछ-दाढ़ी में चूना फिर गया, मगर तेरे गले में बंधी हुई कांसे की घंटी की सुरीली आवाज ज्यों की त्यों बरकरार है। जीती रह।"

कुछ तो रोजी-रोटी की मजबूरी रही और कुछ उस्तादों के सिखाए हुए हुनर की बरकत, जिन्दगी जैसे-तैसे निभाती चली आई। मगर काल किसी का भी भरम बहुत दिनों तक नहीं रखता, इससे बेखबर नहीं है। वैद्यराज तो बकुआ प्रकृति के आदमी हैं, एक तरफ से 'मेनका अप्सरा' कहते हैं, तो यह कहते भी नहीं चूकते कि 'सिफलिस, सारंगी और सिपाहियों की संगति में अच्छे से अच्छे इस्पात की सिल्ली भी टूट जाय, गुणवंती बेचारी तो आखिर हाड़-मांस की मूरत है।'

और गुणवंती जानती है कि वैद्यराज की यह बात झूठी नहीं। चलती के ठेके पर फिरकनी लेते-लेते कमर चसकने लगती है। घुटनों और कंधों के जोड़ चटकते महसूस होते हैं। गले की नसें कसकर निचोड़ी हुई धोती की परतों की तरह खुलने लगती हैं और फिर गाने की असमर्थता को 'भोशनों के आवरण से ढंकना पड़ता है। 'बारी उमर लरकइयां' न गा सकने की विवशता को बायें हाथ की हथेली से थोड़ी ऊपर दायें हाथ की हथेली को नचाते हुए छिपाना पड़ता है। कुछ तो उमर की मार से जंगल का काठ, नदी का लोढ़ा भी नहीं बचता। कुछ किस्म-किस्म के ईरान-तूरान-जापान घूमकर लौटे हुए पलटनियां-सिपाहियों-सरदारों ने देह गला दी और कुछ घुंघरुओं, तबला-सारंगी के बोलों पर टिकी हुई गृहस्थी की अव्यवस्था कमजोर करती है। कुल मिलाकर गुणवंती को आखिर इसी फैसले पर आना पड़ा है, कि उसकी अपनी कमर के सहारे तो यह गृहस्थी अब टिकेगी नहीं।

संतोष इतना ही है, कि परमेश्वर ने बारहों रास्ते बंद नहीं कर रखे हैं। सिर पर से पति का साया उठ गया है, तो दो बेटे सयाने हो चुके और हीरे की अंगूठी जैसी आनन्दी को कलश फूट गए हैं। यह भगवान की ही देन है कि तबले-सारंगी की जोड़ी का भरम रखने को उसने आनंदी के पांवों की जोड़ी दे रखी है। नहीं तो, जिन मीरासियों के घर में नाचने वाले पांवों की जोड़ी न हो, उनको तो अराई-पराई नाचने वाली के साथ-संगत करनी पड़ती है और तिकटी-चौथेली बांट पर ही संतोष कर लेना पड़ता है।

रामभक्त श्री हनुमान के पुश्तैनी ऐक्टर बिरमदेव के दोतल्ला मकान की गोठ वाली कोठरियां किराये पर ली हुई हैं। अब इस वक्त नीचे की कोठरी में दोनों बेटे, कलियां और बदरिया, तबला-सारंगी का अभ्यास कर रहे हैं। चौथा, सबसे छोटा गुलिया खेलने-कूदने चला गया है। गुलाबी सनील की अंगिया और घाघरी पहने आनंदी सामने बैठी हुई है—पांवों-बंधी घुंघरुओं की जोड़ी के दानों से खेलती।

···और आज गुण बंती की आवाज भावावेश से भारी पड़ गई है। एक सुख तो इस बात का है, कि औरों के घर की कुललक्ष्मी तो बहू होती है, मगर मिरासी के घर की कुललक्ष्मी कन्या ही होती है, सो रूप-सरूप और हुनर में मुंह से मांगी हुई जैसी दे रखी है भगवान ने। सबसे बड़ा संतोष इस बात का है, कि कलिया और बदरिया की रोजी-रोटी के लिए अराई-पराई नचनियों के नखरे नहीं झेलने पड़ेंगे और शादी हो जाने पर अपनी घरवालियों को नहीं नचाना पड़ेगा। आनंदी को तो बड़ी उमर में ही ब्याहना होगा और निकट के कबीले में ही ब्याहना होगा, ताकि साजिन्दा दोनों भाई ही रहें। खुद सात बरस की ही ब्याह दी गई थी, जल्दी ही पेशा कमाना शुरू कर दिया। शायद है, चौदहवें में। लगातार तीस वर्षों तक गाते-नाचते और अक्सर गैरपेशा काम भी करते रहने से देह थक चुकी। अब कुछ विश्राम मिलेगा।

गुणवंती को उसकी सासू ने पेशे-गैरपेशे के तौर-तरीके सिखाए थे। आनंदी अभी अब ब्याही है, सो सिखाने का हक-फरज गुणवंती का है। तीस

वर्षों में अच्छे-बुरे, जात-कुजात और अमीर-गरीब सभी की संगति रही है। कंठ और देह की नसें गला-गलाकर जो कुछ भी सीखा है, उसे आनंदी को सिखा देना अब एक फर्ज हो गया है। हीरे की अंगूठी वाली अंगुली का बड़ा जतन करना पड़ता है।

"आनंदी!" गुणवंती ने ममता के साथ उसे अपनी ओर खींच लिया, तो वह छाती से लग गई, "क्या कहती हो, मां?"

"कहने को तो वह अलग-अलग टुकड़ों में ये सारी बातें तुझे पहले भी सुना चुकी हूं, चेली! मगर खंडित राग का गायन निषिद्ध माना गया है, क्योंकि उससे ताल-लय का, संगीत का सच्चा सरूप सामने नहीं आता है। हर चीज़ बंदिश में बंधी हुई ही शोभा पाती है। पांवों से लगकर न बंधे रहें, तो घुंघरुओं की आवाज अच्छी नहीं लगती। हम लोगों का एक अपना पेशा है और उस पेशे की अपनी बंदिशें हैं, अपने कायदे हैं।" आनंदी को छाती से लगाए-लगाए, वह उसके माथे पर हथेली फेरती चली गई, "काल और कला, इन दोनों को बांधना बहुत कठिन होता है, चेली! मगर समझदार हुड़क्यानी इन दोनों को बांध सकती है। यह पहाड़ का मुलुक है। नियम-परम से रहने पर यहां की हवा-पानी की बरकत देह को मजबूत रखती है लेकिन लापरवाही से खेलने-कूदने पर लोहे को गंधक की तरह खा जाती है। तूने देखा होगा, कि यहां की औरतों का जिसम बीस-पच्चीस की तरुणाई में ही झुरझुरा जाता है। हमारे अपने कबीलों की चम्पा-चना और गुलाबी को देख। तीस तक भी नहीं पहुंचीं, मगर पेशे से नाकाम ही हो गई हैं। मगर एक मैं हूं, तेरे ही सामने। जरा जतन से रही हूं, तो कई रोग-शोक झेलकर भी आज तक टिकी हुई हूं। अब मेरी जगह तूने इस कुनबे को संभालना है। कलिया और बदरीया के हाथ तबले-सारंगी पर बहुत तेज चलते हैं। इतने तेज बोलों की संगति कर पाने की उमर मेरी नहीं रह गई।···तो, चेली, कला को बांधने के लिए अपनी आत्मा और अपने जिसम को जितना ज्यादा होमा जा सके, उतनी ही अधिक कला अपने से बंधती है, मगर काल को बांधने के लिए अपनी आत्मा और देह, दोनों को जरा काबू में ही रखना पड़ता है। बहुत तेज जलने वाली लकड़ी के कोयले भी जल्दी ही बन जाते हैं। कलावंत की देह तो बांज की

लकड़ी और चंदन की अगरबत्ती की तरह धीरे-धीरे सुलगनी चाहिए।···चेली, अब तेरे सामने वो दिन आते चले जाएंगे, जिन दिनों में नारी को पुरुष की संगति ज्यादा प्यारी लगती है। यह तो सिरिष्टि का सुभाव है, मगर हम हुड़क्यानियों की जिंदगी एक पुरुष से बंधकर ही नहीं कटती। हम लोगों के पास तो जात-जात के पुरुष आते हैं और हमें पेशे-गैरपेशे से सभी को जिसको जैसा हुआ—'दीपा थाने दीपो, पिण्डा थाने पिण्डो' करते हुए निभाना पड़ता है। पुरुष की जात तो औरत के मामले में कुत्ते की जात होती है, चेली, हड्डी-बोटी देखकर ही ललचती है। सो, तू मेरी सीख को गांठ बांध ले। हड्डी-बोटी तभी तक संभलती है, जब तक उसे बहुतों के दांत न लगें। कलावंत को मुश्कमिजाजी से और मायकी वाली को इश्कमिजाजी से बचाना चाहिए। हमारे पास आने वाला हर कोई आशिक है, मगर सिर्फ पेशे का फर्ज और रोजी की मजबूरी निभाने तक। सुनती है न, अन्नू?"

सुन तो रही थी, आनंदी, मगर समझ कितना पा रही थी, इसका अंदाजा लगाना कठिन था। खैर, गुणवंती को तो आज अपना मन हलका कर लेना था, सो वह कहती चली गई, "चेली, गुलाम उस्ताद कहा करते थे, कि हमारे ही हिन्दुस्तान में लखनऊ-बनारस जैसे शहर भी हैं जहां पर गुनवंतियां सिर्फ गाने-नाचने का पेशा करती हैं और ठाट-बाट से जिन्दगी गुजारती हैं।···मगर यह तो पहाड़ का मुलुक और अलमोड़ा जैसा शहर है, चेली! वहां राजा, रईस और नवाब लोग पेशेवालियों की कद्र भी करते हैं और कौड़ियों की मोल अशर्फियां भी लुटाते हैं। यहां के तमाश-बाजों में या तो बाजार के बनिये हैं, या बेकार आवारागर्द छोरे हैं और या पूजा-पाठ करने वाले पंडित लोग। सभी लोग कला की कद्रदानी रखते नहीं, काया के लाल भी ज्यादा होते हैं। कोई पाई-पाई जोड़ने वाला, कोई मिजाज का मजनू और बुलबुलबाज मगर टेंट का ठन-ठन गोपाल और कोई हथेली फैलाकर दक्षिणा उघानेवाला होता है। ऐसों की मुट्ठी खोलने से पेट-पलाई भले ही हो जाए, ऐशो-इशरत के सपने पूरे नहीं होते, चेली! बंदरों के हगने से खेतों को खाद नहीं मिला करती।···इस पूरे अलमोड़ा शहर में गिनती के रईस ही ऐसे हैं, जिनकी मुट्ठी में अशर्फियों की छाप पड़ी रहती है।···दस-बीस जो गोरे और एंग्लोइंडियन साहब लोग

हैं, वो लोग तो बैरे-खानसामे को बख्शीश दे देंगे, मगर हुड्क्यानी के कंधे पर दांत गड़ाकर, 'टा-टा' करते हुए चले जाएंगे।...ले-दे के बचते हैं। पलटन से घर लौटने वाले सिपाही-सरदार। बस्स, मिरासिनों के तो सांई-गुसांई ये ही अफसर लोग हैं। इन्हीं से परवरिश होती है और मिरासिन को तो यही चाहिए, कि जितना गुड़ पड़े, उससे ज्यादा मिठास देवे।"

छाती से लगे-लगे आनंदी की पलक लगते लग गई थी। गुणवंती का मन मीठा हो आया। लाड़ के नाम से दुलारती बोली, "किड़ी, दुबारा नींद लगने लगी है, चेली? अब तो, चेली, घाम चौंतरे पर पालतू बिल्ली जैसा बैठ गया है। रियाज नहीं करेगी आज? गफ्फार उस्ताद भी आने ही वाले होंगे। आज सोमवार है, परसों का तेरा मुहूरत सिद्ध करवा रखा है। तेरी पेशेवर जिंदगानी की पहली सीढ़ी परसों पड़ेगी। परसों ही तेरे पांवों का सच्चा हुनर लोगों के सामने आएगा। मैंने इरादा यही कर रखा है, कि मुहूरत किसी पलटन के अफसर से ही कराऊंगी।"

आनंदी जैसे चौंककर, जग गई। उसका मन कौतूहल और लाज से कसमसा रहा था। बोली, "मां, पलटनिया लोगों से मुझे डर लगता है। उनकी मूंछें बहुत बड़ी-बड़ी होती हैं।"

"जिस गैया को दुहना होता है, किड़ी, उसकी पूंछ-लात भी सहनी ही पड़ती है।" गुणवंती बोली, "मगर मिरासिन की लड़की को इतना जतन जरूर करना चाहिए, कि उसके पास कला और काया की जो कस्तूरी रहती है, उसकी खुशबू से ही दूसरों को बावरा बनाए, कस्तूरी का बीड़ा किसी एक को सौंपने से हमारा कुनबा टूटता है। बहुतों के हाथ पड़े, तो कस्तूरी मिट्टी में मिलती है। मैंने तो तुझे पहले बता दिया है, कि यह साला चुगद पहाड़ी मुलुक है। सिर्फ पेशे से पेट-पलाई भी मुश्किल से ही हो सकती है। दूसरे, नीचे के कबीलों में तो झकरुआ भूत भी देवता की तरह पूजा जाता है। हम मिरासिनों के लिए भी इस चुगद शहर के घुरुवा-चुपुवा लोग और पलटन के सिपाही, सूबेदार ही राजा, रईस और नवाब लोग हैं।...और जितनी छोटी औकात का आदमी होगा, वह उतना ही चमड़ी का भूखा ज्यादा और कला का कदरदान कम होगा। पहले-पहले मैं भी

यही सोचती थी, चेली, कि रोजी-रोटी का जो हमारा पेशा है, यह तो पुश्तैनी है, गैरपेशा तो रंडियों का होता है। लेकिन इस चमार शहर में रहते हुए पतुरियाए बिना दिन कहां कटते हैं? गुलाम उस्ताद कहते थे, कि लखनऊ-बनारस की एक-एक बैठक में सवा सौ का तो इत्र-फुलेल ही लगता है। यहां तो पच्चीस रुपल्लियों में एक महीना हुड़क्यानबाजी करने वाले चुगदों की बस्ती है। एक वह लीडर चुगा आता है, कि 'मैं तो बीस रुपये महीने में गाने और बजाने के दिनों काम लेता हूं।'···अत्थू, तेरी बिशरम जात के मुंह पर पान थूंकूं!"

होंठ बिचकाकर, फर्श पर थूकने के बाद, गुणवंती फिर आनंदी से कुछ कहना चाहती थी, कि बाहर से बदरिया की आवाज आई "मां वे, उस्ताद आ गए हैं। जरा अन्नू को तो भेज दे बाहर।"

गुणवंती उठ खड़ी हुई और देली के दरवाजे से सिर बाहर निकालकर, 'सलाम, उस्ताद!' कहकर फिर आनंदी की ओर लौट आई, "किड़ू, चुंदरी ओढ़ ले, लली! शागिर्दी का आज आखिरी दिन है तेरा। दिखा दे उस्ताद को, कि हुनर की पकड़ अलमोड़े की मिरासिनों में भी कम नहीं। मेरा यार मियां बहुत रामपुरियों, बरेली वालियों के गुन बखाना करता है। अरे, मेरी अन्नू तो नाचने-गाने के हुनर में सुसरी सिनेमा की हिरोइनों को चूना लगा दे, मगर चवन्नी-अठन्नी पकड़ा कर मूंछ ऐंठने वाले चुगदों के लिए ऊंचे दर्जे का हुनर सीखने को किसकी फटी पड़ी है? ऐसा चूतिया कौन होगा जो ढटुआ कुत्तों को परिन्दों का गोश्त खिलाने के लिए, ले मेरा यार, जंगल-जंगल मारा फिरेगा?···आ रही है, उस्ताद, तनिक कपड़े संवार रही है। बेटी, एक चीज का ध्यान हमेशा रखना—कलावंतों को दूसरों के सामने हमेशा सुंदर बेश में निकलना चाहिए, जैसे कि गुलाब फूल निकलता है। सज-संवर के न निकले, तो रूप धा रह जाता है। 'एक नूर नूर, सो नूर गहना-कपड़ा।' कह रखा है बुजुर्गों ने। तू जरा अगड़ी को अब ठीक से पहना कर। कन्या-कुमारी थापने के वक्त के न्यौतने की तेरी उम्र अब रही नहीं।"

अपनी बात पूरी करके, गुणवंती लाड़ से हंसी और धीमे से आनंदी का माथा चूम लिया।

तत्-तत्-थुन्-दिदा-दिग्-दिग्-थेई···

तत्-तत्-थुन्-थुन्···

उस्ताद मुंह से बोल बोलते जा रहे थे, मगर आंखें उनकी अन्नू की साड़ियों और पिंडलियों पर अटकी हुई थीं। एड़ियों की मोटी नसें डोरी की तरह उछली हुई, सुगौर मांसल पिंडलियों को दो फांक करती-सी, सीधे घुटनों के जोड़ों पर ही जाकर थमी थीं।···और चूंकि आनंदी घाघरी पहने नाच रही थी, सो जब वह 'दिदा-दिग्-दिग्-थेई' बोल पर घूम ले ली थी, घाघरी गोलाई में फैलकर, ऊपर उठती थी और तभी उस्ताद उसकी पिंडलियों को दो फांक कर घुटनों के तले थमती कौंली नागिनों की जोड़ी जैसी नसों को देख पाते थे। इसके लिए अपनी गरदन बाईं ओर नीचे को झुकाकर, अपने दायें घुटने पर ताल देते चले जाते थे उस्ताद—तत्-तत्-थुन्-थुन··

गुणवंती की आंखें और दिनों आनंदी के पांवों पर टिकी रहती थीं, मगर आज उस्ताद की बाईं ओर दबी हुई गरदन की फूली हुई नसों पर ही उलझ गईं। परसों से आनंदी को पेशेवरी पकड़नी है, इस विचार ने उसकी नजर ही बदल दी थी। अब उसकी नजर में आनंदी रिं-रिं-रिं-रिं मोहल्ले के छोकरे-छोकरियों के साथ दौड़ती-खेलती और चूरन-लेमनजूस के लिए दुकानदारों के आगे हाथ फैलाती या कि राह चलते मुसाफिरों से बख्शीश मांगने वाली किड़ी नहीं रह गई थी। वह रेशम की चुंदरी और सनील की अंगिया-घाघरी में पत्तों के बीच की कली जैसी वह खिलने लगी थी और गुणवंती जहां एक ओर सुख से भर रही थी, कि औरों के घर तुलसी-जाई फूलती है, मगर उसके घर साक्षात् लक्ष्मी ही फूलने लगी है, तो सावधान भी हो रही थी, कि चांदी-सोने की जड़ मूरत भी बड़े जतन पहरे से रखनी पड़ती है, आनंदी तो चलती-फिरती लक्ष्मी है।

गफ्फार उस्ताद का ध्यान आनंदी की एड़ी और शायद, उसके घुटनों पर ही कड़ी पाक के बताशे जैसा जम गया था, "दिदा दिग्-दिग्-थेई-दिदा-दिग्-दिग्-थेई—दिदा-दिग्-दिग्—अरे, वा मेरी नच्चो! कुरबान जाऊं तेरे पांवों की कमसिन जोड़ी पर। वाह, वाह, वाहवा! तेरी तो एक-एक नस कत्थक नृत्त की

देवी का रूप उतारने के लिए बनी है। गुणवंती जान, मेरी मानो तो मौशिकी के इस नायाब टुकड़े को इस टुच्चे शहर की धूल में मत मिलने दो। रामपुर से मेरे तहेरे भाई जान अश्फाक मियां का नृत्त-इस्कूल चलता है। मैं अपने बरकत बेटे को भी ह्वीं हुनर हाशिल करने को भेज रहा हूं। मेरी मानो, तो अन्नू बिट्टो को भी ह, वीं ही···"

"अरे, मैं किसकी-किसकी मानूं, उस्ताद? एक वह पब्लिक लीडर बिहारीलाल है, वह मेरा यार कहता है, कि 'आजकल हिंदुस्तान मुलुक को आजाद करने की लड़ाई लड़ी जा रही है। अलमोड़ा जिले की एक गदरपार्टी तैयार की जा रही है। गदरपार्टी का काम सारे हिंदुस्तान में घूमते हुए गोरा-शाही राज को खतम कराना रहेगा। मगर गदरपार्टी के लोगों के लिए छुपे रुस्तमी से काम लेना जरूरी है। हम लोग यहां से एक मिरासी पार्टी बना करके लखनऊ की तरफ निकलेंगे। अपनी बिटिया आनंदी और तबलची बदरिया को देश के लिए कुरबान कर दे!' अरे, मैं पूछती हूं मेरे यार, कि सारे अलमोड़ा शहर में तुझे एक मेरी ही बेटी मिली कुरबानी के लिए? अरे, तू सुसरा लीडरबाजी में रहा, बड़ी उमर में भी लौंडा ही बना रहा आंडू।···मगर तेरे बाप ने जो तीन मस्तानियां जनी हैं, लाला बाजार, पलटन बाजार की सड़कों पर थिरकती-फिरती हैं, उन्हीं के पांवों में क्यों नहीं बांधता घुंघरू? चल, तबले का ठेका लगाने को मैं भेज दूंगी कलिया को। अरे, मेरे यार, सब लोगों की नजर घूम फिरके हम हुड़क्यानियों पर ही अटकती है। नजर तो आकर जाती है हुड़क्यानियों की टांगों तक, और देश को आजाद कराएंगे ये सात मुलुकों के बादशाह अंग्रेजों से।···गुणवंती को उल्लू बनाने का यह बहाना खूब निकाला यार तूने! अरे, ऐसे मर्दों की जात लीडरी-नेतागीरी करे, मगर कुत्तों की नियत कुतिया की पूंछ पर से ऊपर कहां उठती है? अरे मियां, मैं सब जानती हूं गोश्तखोरों की नियत को। चंद साल पहले जो राधकिशन पंडित मेरा ही खसम बनके रहने को अपनी छैपलिया जनेऊ हाथ में लपेटता था, आज ही हाथ में मूतने को तैयार नहीं है! गोश्त-गोश्त झिझोड़कर हड्डी फेंक देने वाले कुत्ते मैंने बहुतेरे देखे हैं, मियां! अरे, मेरी अन्नू जरा सयानी

होने क्या लगी, ले मेरे यार, सब चील की तरह झपट्टा मारने की तैयार कर रहे हैं।...अरे उस्ताद, अन्नो को तो, कभी ऐरा कहेगा मेरे साथ लगा दे, और कभी खैरा! अन्नू की महतारी और भाई-बिरादर गए कछू में?"

'कछू, में' कहते हुए अपने दोनों हाथों की अंगुलियों की कैंची फंसाकर, गुणवंती उस्ताद की तरफ तीखी आंखों से देखा, तो उस्ताद हकलाने लग गए, "अरे, गुणवंती जान, तुम तो मेरा तुम तो मेरा...मेरा मतलब था..."

"गुणवंती ने भी तीस बरस सिर्फ अपने चूतड़ ही नहीं नचाए, उस्ताद, अच्छे से अच्छे खानदानियों से अपना थूका भी चटवाया है।" गुणवंती और तीखी आवाज में बोली, "मगर अपनी फटी पर मेरा थूक भी चाटने वाले मेरी गरज पर हथेली में मूतने को भी तैयार नहीं है। तुम सोच रहे होगे, उस्ताद, कि यह गुणवंती बड़ी फाहशा और बदजबान है, मगर मेरी तरह लगातार तीस साल तक अपने पीछे कुत्ते लगाए-लगाए जिंदगानी तुम्हें भी काटनी पड़ती, तो समझ पाते, कि मेरे जिगर और जिसम दोनों की हालत क्या हो चुकी है। मैंने तो, मियां, मरद की जात बंदर की जात देखी। बंदर ससुरा चुगद कितना भी थक के आया हो, मगर नाशपाती के पेड़ की छाया में उसे बिठाओ, तो वह छाया में बैठकर सुस्ताने की जगह, सीधा फलों को काटने-कुतरने को दौड़ेगा। जिन ससुरों का शोग हरने के लिए मैंने अपनी आत्मा सौंपी, वो चुगद जिस्म गलाने वाले रोग देके खिसक गए।...खैर, अब बहुत लम्बी दास्तान तुम्हें क्या सुनाऊं, उस्ताद! तुम अपने बरकत के लिए और कोई लड़की ढूंढ़ो। अन्नू को तो मैं कहीं, किसी के साथ नहीं लगा सकती। मेरी उमर तो अब ढल चुकी, उस्ताद, मगर कुनबा बढ़ गया है। तीन-तीन बिना जमीन में टिके खम्भे घर में खड़े हैं। इनका भी तो कुछ जतन-बंदोबस्त चाहिए? हम गरीबों के घर तो कंगाली का डेरा रहता है, उस्ताद! खेती-पाती-रोजगार-बिजनिस, जो कुछ है, बस यही पेशेवरी है।"

गफ्फार उस्ताद ने देखा, गुणवंती का गला भर आया है और आंखें भी। बोले, "मैंने तो ऐसी बदनियती से कोई बात नहीं कही थी। अन्नू में फनकारी के बीज देखे, कह बैठा। तुम्हारी अपनी बंदिशें हैं, उन्हें तुम बेशक मुझसे

बेहतर समझ सकती हो। मैं तो हुनर और फनकारी का कायल हूं, फनकार की बंदिशों का नहीं।"

गफ्फार उस्ताद जाने लगे, तो गुणवंती टुकुर-टुकुर ताकती रही। बोली, "मेरे गुनाह माफ करना, उस्ताद! छोटी औकात की हूं, तो मेरी एक हद बंधी हुई है।...और उस्ताद, दो महीनों से फूटी कौड़ी घर में नहीं आई है। अब अन्नो के भरोसे बैठी हूं। हाथ में आते ही अपनी औकात के मुताबिक खिदमत करने से नहीं चूकूंगी। और उस्ताद, बुरा मैंने आपकी नेक सलाह का नहीं माना—अपनी कम औकात के ख्याल का कुत्ता काट गया! ख्वाहिश तो ये भी थी कि नृत्त सम्राट उदेशंकर के गांधर्व केन्द्र में सीखे अन्नू! बड़े पेड़ों की बड़ी छाया होती है—लेकिन उस्ताद, कमनसीबों के कपाल में अक्छत कहां अटकते हैं।" अपनी बात खत्म करते-करते गुणवंती का गला भर आया।

गफ्फार उस्ताद जा चुके, तो अन्नू बोली, "मां, उस्ताद ने डेढ़ साल मुझे बेटी की तरह हुनर सिखाया और तूने आज उनके साथ इतना बुरा सलूक किया, यह ठीक तो नहीं किया।"

कलिया और बदरिया दोनों इस सारी चख-चख से ऊब गए थे, बीड़ी सुलगाते हुए बाहर खिसक गए। गुणवंती भी उठी और बाहर जाते हुए बोली, "तू साग-रोटी की जुगत कर लेना, चेली, मैं जरा वैद्यजी और गुलबिया के पास हो आती हूं। कलिया और बदरिया को रोजी-रोटी से ज्यादा आवारागर्दी भली लगती है। अरे, साले जिस कुनबे-कबीले में खसम औरत की, भाई बहन की साजिंदी करेगा, औलाद कहां से गैरतदार पैदा होगी? पेट की मार बड़े-बड़ों को मार देती है, हम नामुरादों की क्या कहो, क्या सुनो!" कमर में हाथ रखते हुए गुणवंती सीढ़ियां उतरने लगी, तो आनंदी उसे एकटक देखती रही। इस वक्त गुणवंती ऐसी लग रही थी, जैसे नीम उजाले में कोई छाया मंडरा रही हो!

8

दोपहर के 'शो' में 'जम्बू का बेटा' देखकर, करमसिंह शहर से वापस देवाल पदम ठाकुर की दुकान तक पहुंचा, तो उसे पता चला, आज तिरलोकसिंह बाजार से करीब दो-तीन हजार का गांठा बनाकर लाया था, लेकिन यहां किरपाल गुरू की दुकान में बिशन लम्बू और उसके दोस्तों ने मिलकर उसकी 'मुर्गी'[1] बना दी। खाली डलिया सिर पर धरे, और रुपये लाने घर चला गया था, मगर अभी तक तो लौटा नहीं।

आनन-फानन में साग बेचकर, करमसिंह फिल्म देखने चला गया था, लेकिन जम्बू के बेटे के शौर्य-भरे करतब देखते हुए भी उसे यही अहसास हो रहा था कि यह सारी जवांमर्दी चंद घड़ियों की है। आखिर-आखिर घर लौटना होगा और जब बाप की अढ़ैया पड़ेगी, तो भगवान ही बचाने वाला है—और या मां। उसे सुबह का मां का बिलखना याद आया और उसे पहली बार इस बात की अनुभूति हुई कि मां के जीवन में जिन विपत्तियों को घटित होते देखा है, वो सब एक श्रृंखला का रूप धारण कर रहे हैं। कभी अपने पैरों पर खड़ा होने का वक्त आ गया, तो सबसे पहले मां को मुक्ति दिलानी है कि ले, अब ज़रा बुढ़ापा तो सुख-चैन से काट ले। मां का भी दूसरों से कहने को हो जाएगा कि जिस सिक्के को खोटा समझकर, उम्मीद छोड़ रखी थी, अंत आने में उसी ने सहारा दिया है।

---

1. कपट से हराने को 'मुर्गी' बनाना कहते हैं।

मां के बारे में कल्पना करते हुए ही अचानक करमसिंह ने अपनी भावी पत्नी के रूप में जान-पहचान की दूर-दूर से देखी कई एक लड़कियों के बारे में सोचा था और लगा था कि सारा अस्तित्व एक ग्रह की स्निग्धता से भर गया है। उसकी कल्पना यहां तक चली गई थी कि इन्हीं लड़कियों में से किसी एक से उसका बच्चा भी हो जाता है और उसे नहला-धुलाकर, जैसे ही वह चबूतरे पर तेल-मालिश करने बैठती है, मां आती है और दुलार से डपटती कहती है कि क्यों वे, चंद्रा! छोटे बालकों को कहीं ऐसे तेल लगाया जाता है?'

अब, इस वक्त, यह जानते ही कि तिरलोकसिंह जुवे में भी हारकर ही घर वापस पहुंच गया है,—और हो सकता है, हारे हुए जुवारी को खुन्नस में रुपुली के जेवर झटककर, वापस आता ही हो—करमसिंह का सारा माथा-लोक विलीन हो गया। अब उसकी कल्पनाशक्ति अपने गुस्सैल पिता पर ही केन्द्रित हो गई। जैसे ही तिरलोकसिंह घर पहुंचा होगा, साग-सब्जियों के बाड़ों में नजर आते ही और आग-बबूला हो गया होगा। ढीठ तो करमसिंह था, मगर तिरलोकसिंह से डरता भी बहुत था। कुछ भी हो, आखिर बाप तो बाप है। चार लात-घूंसे रख भी दे, तो उल्टी लात तो नहीं ही मारी जा सकती। करमसिंह सोच में पड़ गया, आज घर वापस जाना ठीक नहीं है। वह परेशान था कि आखिर यहीं कहीं बस्ती में आज की रात काटी जाए, तभी देवाल अपर-प्राइमरी और टाउन मिडिल स्कूल के दिनों का सहपाठी पानदेव दिखाई दे गया।

पानदेव भी आज रोमांचक मानसिकता में था। गुणवंती अभी-अभी उधार सौदा लेकर विदा हुई थी और पिता कुशलदेव शहर से खरीदारी करके वापस लौटे थे। गनीमत थी कि सारे कोठों कनस्तरों में उड़ती चील की सी दृष्टि डालने के बाद श्री राम, श्री राम' कहते हुए उन्होंने गल्ले का सन्दूक खोला था और उसी में झुके-झुके कह दिया था कि, 'अच्छा रे पानू, तू अब घर चला जा। मां से कहना, 'बाबू दुकान बंद होने पर आवेंगे।' और दिनों तो पानदेव गल्ले की संदूक से कभी-कभी सिनेमा जाने और सिगरेट पीने को पर्याप्त पैसे ही अंटी किया करता था, मगर आज आनंदी का नाच देखने की ललक थी मन में, तो दस रुपये अंटी कर लिए थे। बैठक में रुपये-पैसों की हथकट होती है, पानदेव

जानता था, और जब उसका मन इस बात के लिए विकल था कि किस तरह से आनंदी या उसकी मां तक पहुंचा जाए। किसी तरह छिपछिपकर ही सही, आनंदी का नाचना-गाना भी जरा देख-सुन लिया जाता, तो एक तृष्णा-सी जो है, तृप्त हो जाती। गुणवंती का घर तो काफी एकांत में पड़ता है। वहीं पास में चाचा ब्रह्मदेव भी रहते हैं। फौज से छुट्टियों में घर आए थे, लौट चुके हों। बस काकी होंगी और उनके दोनों छोटे बच्चे। उनके घर की खिड़की से गुणवंती के घर में होती महफिल साफ-साफ दिख सकती है। डर है, तो सिर्फ इतना, पास-पड़ोस के महफिल में आए ने देख लिया, तो कहीं बात घर तक न पहुंच जाए।

अंतर्द्वंद्व में पड़े पानदेव ने करमसिंह को देखा, तो एक सहारा जैसा मिला और वह तेजी से करमसिंह की ओर मुड़ गया, "क्यों, डियर करम, आज सिनेमा देखकर लौटा है क्या?"

करमसिंह भी आगे बढ़कर, पानदेव के साथ हो लिया। पहले अपर प्राइमरी में और फिर दो-तीन वर्षों तक टाउन स्कूल में दोनों ने साथ-साथ पढ़ा था। दोनों लगभग समवयस्क थे। पिता कुशलदेव ने चने-गुड़ की खिर्ची-मिर्ची से शुरू करके गल्ले-राशन की दुकान खोल ली थी, मगर मुंह का स्वाद, कपड़े का शौक मारते-मारते दिन काट दिए। दुकान में घी के कनस्तर पड़े रहते थे, मगर घर में दाल अक्सर तेल से ही छोंकी जाती थी। सबसे छोटे भाई धामदेव की कपड़े की थोक-फुटकर दुकान थी, मगर दोनों भाइयों के पायजामे-कुर्तों के टल्ले अभी तक नहीं छूटे थे।

मगर कुशलदेव और धामदेव, दोनों भाइयों के बड़े लड़के पानदेव और पुनान्ददेव कुछ अलग ही उतरे थे। अच्छे कपड़े पहनने, चाट-मिठाई खाने और सिनेमा देखने का दोनों को ही शौक था। गल्लेदारी में कम, आवारागर्दी में ज्यादा आनंद आता था दोनों को, मगर अपने-अपने पिता की दृष्टि से दोनों ही जरा बचते थे। मां का डर किसी को नहीं था। कभी टोकती भी थीं महतारियां, तो तराई भाबर भाग जाने या पलटन में भर्ती हो जाने की धमकी देकर समस्या हल कर लेते थे।

अपर प्राइमरी की शिक्षा के दिनों कुशलदेव का बेटा होने के नाते पानदेव क्लास-मेट, मौनीटर बना रहता था और उसका दोस्त होने के नाते करमसिंह सब-मौनीटर होता था। स्कूल के कई मास्टर कुशलदेव के यहां से राशन,

धामदेव के यहां से कपड़ा उधार खरीदते रहते थे, सो पानदेव और पुनान्द को डांटने-फटकारने की गल्ती कोई नहीं करता था।

पानदेव अपने करमिया जैसे यार-दोस्तों के साथ आवारागर्दी में ही ज्यादा समय बिताता था। मीरासिनों को छेड़ना, अक्का-बक्का बकना और सिगरेट-बीड़ी फूंकना—सारे व्यसन ऐसे थे, जिनमें स्कूल की पढ़ाई से कहीं बहुत ज्यादा आनंद मिला करता था इन लोगों को। चूंकि पानदेव अपनी दुकान से खट्टी-मीठी गोलियां, गुड़-चना-मूंगफलियां और बिस्कुट वगैरह चुरा लाया करता था, इसलिए दोस्त भी उसके प्रति वफादार रहते थे। पानदेव शरीर से काफी कमजोर था और करमसिंह शुरू से ही स्वस्थ और ताकतवर। वर्षों तक लगातार दोनों की नहल-दहल की जैसी जोड़ी रही थी। मगर लगातार चार वर्षों तक हाई-स्कूल फाइनल की परीक्षा में फेल हो जाने के बाद, पानदेव दुकान के गल्ले पर बैठने लग गया था। करमसिंह का स्कूल जाना दर्जा नौ, सेक्सन सी की छमाही से ही छूट गया था और तब से पानदेव-करमसिंह की भेंट यदाकदा तभी होती थी, जब करमसिंह बाजार की तरफ आता था।

"कहो, यार गुरू, क्या हाल-चाल हो रहे हैं आजकल?" करमसिंह ने दुकानों की कतार से आगे निकल आते ही पानदेव का हाथ दबाया।

"कुछ नहीं, यार, तू कौन-सा सिनेमा देखकर आया है आज?"

"लच्छीराम थेटर में 'जम्बू का बेटा' देखने गया था, यार गुरू, उसमें हाउस फुल हो गया। फिर 'मुरली मनोहर' में 'विजय का डंका' देखने चला गया। कमाल की पिक्चर है, यार! ऐसे-ऐसे नाच-गाने···"

"तूने तस्वीरों को ही नाचते-गाते तो सुना होगा, यार ठाकुर! यहां तो, आज जिंदा डांस-गाना सुनने का प्रोग्राम चौपट हो रहा है।"

"कैसा प्रोग्राम, गुरू?"

"यार, जरा धीरे-धीरे बोल। जरा 'कौन्फीडेंशिल' किस्म की बातें करनी हैं। अन्नी को तू जानता ही है? वही किड़ी छोरी, यार, हाफ टाइम की छुट्टी में हम जिसको कभी-कभी छेड़ते थे? तूने तो एक बार उसकी झगुली भी ऊपर लौटा दी थी।···बाई गाड यार, उस जमाने में हमको अकल ही कहां थी?"

"हां, यार गुरू! ···मगर आनंदी को बहुत अकल थी। बाद में हमको देख-देख, शरमाकर, भाग जाती थी। बाई फादर डियर, इन डेरे वालों की छोरियों में अकल बहुत होती है। जितनी बड़ी उन दिनों वह थी, उससे बड़ी छोरियां तो हमारे गांव में नंग-धड़ंग ही भैसों के साथ तालाब में नहाती हैं।'

"सिर्फ अकल ही नहीं होती है, डियर! इन छोरियों में इल्म भी बहुत होता है। सुना है, आनंदी नाचने में कुक्कू को भी मात कर रही है!"

"बाई फादर?"

"बाई गौड, डियर! तूने उसका नाच-गाना सुना होता, तो सिनेमा देखना भूल जाता।' पानदेव ने फिर से करमसिंह का हाथ दबा दिया और बताया, कि कैसे आज गुणवंती आनंदी की पहली महफिल कर रही है। करमसिंह को दत्तचित होकर सुनते देख, पानदेव और अधिक उत्साह के साथ बोला, "यार, खबर तो यहां यह फैली हुई है, कि तेरे बाबू बाजार से दो-तीन हजार रुपयों का गांठा बना लाए थे। तेरे लिए काली सरज का सूट और तेरी महतारी के लिए सोने की नथ भी खरीद लाए थे। ···मगर यहां किरपाल गुरू की फड़ में आकर, लालच में सब गंवा गए। ···और सुना है, अब चंचला डेरेवाली के यहां महफिलबाजी होनेवाली है रात को। अभी तो जुवा ही खेलने में होंगे। लेकिन जहां तक मेरी 'अंडरस्टैंडिंग' काम कर रही है—हम लोगों का चंचलिया के डेरे पर जाना ठीक नहीं रहेगा। हालांकि हैं तो दोनों के घर करीबन-करीबन पास ही, लेकिन गुणवंती का घर जरा एकान्त में पड़ता है। फिर जो बात आज आनंदी में होगी, चंचलिया में कहां? वह तो थैला हो गई है। ···लेकिन सुना है, आनंदी के डेरे में फौजी लोग आने वाले हैं? खैर, 'ह्वयेर दियर इज ए विल, दैट दियर इज ए वे औलसो'। हमारे चाचा ब्रह्मदेवजी वाला घर ऐन गुणवंती के घर के सामने पड़ता है। वहीं खिड़की से देखेंगे और वहीं सो जाएंगे। तुमको एतराज न हो, यार ठाकुर, तो आज की रात साथ-साथ बिताई जाए। मेरे पास एक बढ़िया जासूसी उपन्यास भी है।"

करमसिंह ने गौर से पानदेव की ओर देखा—जैसे किसी मुक्तिदाता को देख रहा हो। फिर एकाएक बोला, "यार पानदेव गुरू, महफिलबाजी तो रात को होगी? अभी वक्त कहां काटा जाय?"

" 'डेन्जरस पोजीशन' मेरी यह है कि बाबू मुझसे सख्त नाराज हैं और हारे हुए जुवारी को फड़ में वापस लौटते देर ही कितनी लगती है? डियर गुरू, कोई ऐसा 'प्रोग्राम' बताओ, यार, कि रात तक का वक्त कहीं शहर की तरफ काटा जाय। बाबू तो अब यहीं, किरपाल गुरू की फड़ में ही आएंगे।"

जलडिग्गी वाले मोड़ पर करमसिंह प्रतीक्षा करता रहा और सोचता रहा। उसे इस बात ने काफी द्वन्द्व में डाल दिया कि पानदेव की प्रतीक्षा करते हुए वह भविष्य जैसी चीज पर सोच रहा है।

पानदेव काफी जल्दी ही लौट आया।

बोला, "डियर, बात बन गई है। मैं बाबू से 'परमिनेण्ट पर मिशन' मार लाया हूं। कह दिया है, काकी के घर ही सो जाऊंगा आज। चल अब सात-आठ बजे रात के लिए शहर में मटरगश्ती की जाय। कह तो ध्यानी के होटल में चला जाय। तुझे फल्लाश खेलना तो आता है।"

करमसिंह ने फिर गौर से देखा। बोला, "तुम थोड़ी देर इन्तजार और करो, डियर ठाकुर! दस रुपल्ली में फल्लाश क्या खेली जाएगी। मैं जरा घर पर जाकर, और पैसे ले आता हूं।'

पानदेव के लौटने तक करमसिंह चुपचाप सिगरेट पीता रहा। फिर दोनों साथ-साथ चलने लगे। सड़क पर 'पिरूल'[1] के गट्ठर ले जाती औरतों के गुजरने को दोनों ने ही अपने शुरू होते तारुण्य की ऊष्मा में अनुभव किया। बंधी लय में पिरूल वालियों के कटिप्रदेश में उठती लहरों को देखने में उन्हें अपने भीतर की स्त्रीवांछा के साक्षात्कार की सी अनुभूति होती रही।

जेल वाली सड़क पर एक किनारे चलते हुए, उधर से जाती गांव वालियों और उधर से आती शहरवालियों की पंक्तिबद्धता के बीच से गुजरते हुए दोनों को ही अपनी-अपनी वयःसंधियों पर से गुजरते होने का अहसास हुआ। एक रहस्यमयता के अपने लिए उजागर होने की सी आह्लादमयता में दोनों को पता ही नहीं चला कि कब गिरजे तक आ पहुंचे हैं।

---

1. चीड़ के तिनके।

पांच बजने के ठनाकों को भी अस्तित्व में उन्होंने अपनी ही रोमांचक मनोदशा के पार्श्वसंगीत की तरह सिर्फ सुना ही नहीं, अनुभव किया।

गिरजे वाले दोराहे पर आते ही नन्दू सागवाले की दुकान देखकर, फिर एकाएक करमसिंह को अपना पीछे छोड़ दिया गया हिस्सा याद आ गया। मां पर न जाने क्या बीत रही होगी।

तभी सामने से रेवाचरन पांडे दिखाई दे गए, तो पानदेव ने बड़े चातुर्य के साथ करमसिंह का हाथ दबाया। एक बार पीछे मुड़कर देखा। रेवाचरन अपने लम्बे कद में सौम्य गति से चले जा रहे थे। गिरजे के मोड़ पर से उनके ओझल होते ही, पानदेव ने होंठों को गोल कर, लम्बी-सी सीटी बजाई।

"क्यों, क्या बात है, पानदेव गुरू ?"

"डियर ठाकुर ! इस कैंचीमार पण्डित को जानते हो ? आजकल हमारी देवाल में इसकी और श्यामा डेरे वाले की बड़ी चर्चा है।"

"मगर श्यामा मिरासिन तो शादीशुदा है, यार गुरू !"

"शादीशुदा होने से डेरेवालियों को क्या फर्क पड़ता है ? नाचने-गाने का पेशा करनेवाली औरतों और हम लोगों के घरों की औरतों में बहुत फर्क होता है, ठाकुर ! अब क्या तुम समझते हो कि जिस उम्र में आनंदी है—हमारी-तुम्हारी बहन कोई वैसे महफिलबाजी कर सकती है ! ···ये पण्डित महाराज पैसे वाले हैं, सुना है। श्यामी डेरेवाली आजकल देवाल की बाजार में कम निकलती है। डेरेवालियों की तरह महफिल में नाचना-गाना भी बन्द कर दिया है। आती भी है, तो बड़े घर की बहुओं की तरह संवरकर आती है। जिसको शायर लोगों ने वोमेन मेण्टीलिटी' कहा है, वह बहुत विचित्र चीज है, डियर !"

"आज तो, यार पानदेव गुरू, तुम बड़े ग्यानी आदमी की तरह बातें झाड़ रहे हो !"

"डियर ठाकुर, 'ए फ्रैण्ड इज औलवेज लौयल' कह रखा है—किसी से कहना नहीं, गुणवंती का आज करीब-करीब अट्ठार रुपये का सौदा मैंने उधार दे दिया है। गुणवंती जब मुझसे सौदा ले रही थी, तो मैं वहीं 'इमेजिन' कर रहा था कि औरतों को पटाने का काम कितना 'एडवेंचरस' होता होगा !"

सामने से आती मोटर के कारण, दोनों को एकदम दीवार से सट जाना पड़ा। नंदादेवी के दोराहे पर से त्रिपुरसुन्दरी देवी के मन्दिर वाले रास्ते को पकड़ते हुए, दोनों ने सिगरेट सुलगा ली और सयानों की तरह आगे बढ़ गए।

9

"आज बैसाख की ग्यारहवीं गते है, आनंदी! सोमवार का दिन है। इसे शुभ दिन कहा गया है। मंगल-शनिश्चर की छांड़ कही गई है। सोमवार शुरुआती दिन भी कहा गया है। मैं जहां तक समझती हूं, भगवान ने यह तेरे लिए अच्छा ही दिन छांटा है।" कहते हुए गुणवंती ने नारियल के पनौरे वाले हुक्के को अपने हाथों में ठीक से संभाला और एक नजर सामने नंदादेवी-नंदाकोट की श्वेताम्बर पर्वत श्रेणियों की ओर डालकर, चबूतरे पर बैठ गई।

आनंदी चाय का पानी चढ़ा चुकी थी। अदरिया-बदरिया अभी सोए पड़े थे। रात अच्छा-खासा अभ्यास करती रही थी आनंदी, लेकिन इस वक्त उसके चेहरे पर सुबह की ताजगी भरी थी।

गुणवंती ने कुछ देर नारियल गुड़गुड़ाने के बाद, कोयलों को एक लम्बी फूंक मारी और उड़ती चिनगारियों को गिनती सी बोली, "बहुत तेरे कान पकाकर क्या करूंगी, अन्नो! थोड़ा कहे का बहुत समझना होता है, तब आदमी से अपना वक्त कटता है। तेरी जो कुछ भी तैयारी है, तसल्ली करती हूं। कहां हम दीन-हीनों के घरों में घरानेदारों की वैसी सहूलियत होती है कि बच्चे की नाल सूखने के साथ मौशिकी शुरू करवा दी गई। रामपुर के डेरेदारों के बच्चे तेरी उम्र तक आते-आते बड़े खयाल लगाने लगते हैं। जो पारखी होंगे, टूटा-फूटा जो कुछ तूने सीखा है, तवज्जो ही करेंगे। वृंदावनी सारंग में तेरा आलाप खुद मुझे मीठा लग रहा था। राग में भी वर-वधू की तरह ग्रह मिलाने होते हैं, तब

सधता है। खैर, इस वक्त इतनी लम्बी दास्तान क्या सुनानी है। फौजी लोगों की मौशिकी की जानकारी ज्यादा से ज्यादा फिल्मी किस्म की होती है। बुलाने को तो, खैर, मैं दस-पांच शहर के गुणी लोगों को भी बुला सकती थी, लेकिन घर की लाचारी ने मार रखा है। शहरी लोग रहेंगे, तो फौजी लोगों की बैठक ठीक से नहीं हो पाएगी। इस शहर का पानी बहुत ही उजाड़ किस्म का है। फौजी लोगों का जी जमेगा नहीं, तो बूट खटकाते हुए चले जाएंगे। थोड़े में तू यों समझ कि यह बरकत की बैठक है। तेरी एक अच्छी बैठक में आते सावन में करवाऊंगी। उसमें सिर्फ गुणी लोगों को बुलाया जाएगा। जहां तक हो सकेगा, श्यामी से कहकर, उसके डेरे में रखवाऊंगी। सुना है, बड़ी जगह हाथ पहुंचा लिए हैं उसने।"

जैसे भविष्य की किसी उड़ान में खो गई हो, गुणवंती कुछ देर चुपचाप तमाखू पीती रही। आनंदी ने चाय का गिलास आगे बढ़ाया और बोली, "बैठक के लिए चाय-पानी का जुगाड़ कुछ लगाया है, मां?"

गुणवंती का चेहरा थोड़ा-सा खिंच गया। बोली नहीं। चाय का गिलास दायें और नारियल बायें हाथ में लिए कुछ देर सोचती रही। आनंदी चुपचाप खड़ी, उसकी ओर ताकती रही। इस बात का अहसास होते ही कि लड़की के मन में उदासी नहीं भरनी चाहिए, गुणवंती ने नारियल एक ओर रख दिया और चाय का घूंट भरकर बोली, "चींटी को कन, हाथी को मन देने वाला सबकी देखता है, अन्नो! हमारा भी दाता वही है। पांच रुपये तो मोती भाई ने दिए हैं, लेकिन इनको अगर बैठकबाजी के खर्चे में फूंक दिया जाता है, तो कौन जानता है, कैसी आपद हो। चारों तरफ से उधारी-करजे के रास्ते बंद देखकर ही, तेरे पांवों की जोड़ी का आसरा लिया है।...लेकिन सबकी सुनने वाला हमारी भी सुनेगा। कल शाम जब मैं लौट रही थी, तो कुशलदेव का बड़ा बेटा पानदेव मिल गया था। बाप तो मक्खीचूस है, लेकिन बेटे की हथेली में छलनी के छेद दिखाई पड़ते हैं। सोच रही हूं, चीनी-सूजी-घी-चायपत्ती-मसाले जैसी चीजों का जुगाड़ उधारी में पानदेव कर देता, तो बात बन जाती। तेरा जाना-पहचाना है।"

गुणवंती ने आंख गड़ाकर देखा, तो आनंदी बोल उठी, "बचपन में तो महाखिलंडरा था।"

"अब कौन-सा सयाना हो गया! बामन-बनिये की औलाद तो कभी खालिस बनिया हो नहीं सकती। या तो जीरे पर धनिया चढ़ाएगी और या अशरफी की सुपारी बनाएगी। श्यामी जिस बामन के पीछे लगी है, सुना है—सुना है क्या, अक्सर बाजार आते-जाते में देखी भी है उनकी दुकान। कौन, जाने लालता कह रही थी कि या मोतिया ही—सीजर ही पीती है आजकल। खैर, यह तो मानी बात है कि हम डेरे वालियों में जो हुनरमंद निकल जाती हैं, रईसों के नजदीक पहुंचना मुश्किल नहीं रह जाता। दूसरों की क्या कहूं। मैं खुद कुंवर जी के हाथों की अंगूठी पहन चुंकी हूं। कैसा तो हीरे का सा नग था उसमें। अट्ठार रुपल्ली में गिरवी पड़ी थी तेरे बाबू के मरने के साथ ...आज तक नहीं छूटी। ...खैर, छोड़ बीती बातों को। भाइयों को उठाकर, चहा पिला दे। वक्त की बात होती है, चेली! जिस साल ये दोनों पेट में थे, सेराघाट के कुंवर साहब के यहां बुलाहट हुई थी। गए, तो तीन महीने वहीं बीत गए। बाबू तेरे साथ ही थे। इन दोनों की पैदाइश वहीं हुई। कुंवर को मेरा मेघमल्हार 'ए-ए-अदरा-बदरा, बरसे ...पिया के मिलन को ऐरी सखी, जियरा-आ-आ ...तरसे...' कुंवर साहब को बहुत पसन्द था। भरे सावन में ही ये दोनों पैदा भी हुए थे। कुंवर साहब ने ही इनका नाम अदरा-बदरा रखा था।"

गुणवंती अतीत में झांकने लगी थी। आनंदी चाय के गिलास लेकर, गोठ में सोए भाइयों की ओर बढ़ गई।

दोपहर बाद, गुणवंती देवाल की तरफ बढ़ी। आज, इस वक्त, अपेक्षाकृत साज-संवार के साथ वह घर से बाहर निकली थी। दुकानों की बस्ती की तरफ जाते हुए भी यह सोचती ही जाती थी। लगातार उसे यही लग रहा था कि बेटी के कदमों के भविष्य की ओर बढ़ते देखना, खुद को अतीत में जाते देखना है।

कब्रिस्तान के पास पहुंचते-पहुंचते, गुणवंती ने देखा कि वैद्यराज सोमदत्त कान में जनेऊ डाले वापस लौट रहे हैं।

गुणवंती ने 'सेवा मानिए' कहा, तो वैद्यराज ने गौर से देखा और बोले, "अरे वा गुणवंती, आज तो तूने दुलहिनों का जैसा श्रृंगार कर रखा है। गुलाब मास्टर की आत्मा कहीं स्वर्ग से देख रही होगी, तो मोहित हो रही होगी।"

गुणवंती बस्ती की तरफ निकलने में सबसे पहले वैद्यराज से ही टकरा जाने से खिन्न थी, लेकिन फिलहाल न अपना मन खराब करना चाहती थी, न वक्त। उल्टे-सीधे जवाब देने से वैद्यराज का जी खट्टा कर देने वाली बातें सुननी पड़ेंगी, यह सोचकर गुणवंती ने विनोद से ही पार लग जाना ठीक समझा, "द, गुलाब मास्टर से ज्यादा मोहित तो आप दिख रहे हैं। उधर विकट बन की तरफ जाने की जगह, यहां कब्रिस्तानों के मसान की तरफ झाड़ी फिरने कहां चले आते हैं आप? कभी कब्रिस्तान के चौकीदार डैनियलसिंग ने देख लिया, तो मुश्किल हो जाएगी।"

वैद्यराज ने लोटा मांजना शुरू कर दिया था। एकाएक बोले, "आज तो तेरे घर बैठक होने वाली है, शायद गुणवंती?"

गुणवंती वैद्यराज के संक्षिप्त तथा हितचिंता की सी गम्भीरता में पूछे इस आकस्मिक सवाल से कुछ क्षणों को थमी ही रह गई।

बोली "हा, गुसांई, रखी तो है। हम डेरे वालियों की तो यही एक खेती है।"

"होई है सोई, जो राम रचि राखा।' कहते दाईं ओर की पगडंडी पर बढ़ जाते वैद्यराज को गुणवंती कुछ क्षण देखती रही और फिर तेज कदमों से कुशलदेव की दुकान की ओर बढ़ गई।

शाम होने से कुछ पहले घर पहुंचते ही गुणवंती ने बाहर, सड़क पर से ही आनंदी को आवाज लगाई, "अन्नी!"

आनंदी बाहर निकली तो देखा, गुणवंती ने सिर पर पोटली रखी है और दायें हाथ में भी सामान थमा है। तेजी से आगे बढ़कर, आनंदी ने सामान उतरवा लिया।

ऊपर तल्ले की सीढ़ियां चढ़ते हुए, गुणवंती ने गोठवाले अपेक्षाकृत लम्बे कमरे को देखा और बोली, "खूब ठीक से साफ कर दिया है ना गोठ तूने? अच्छा होता, दीवालियों में चूना करवा लेते। हमारी सोची कहां होती है। बरसों से कंगाली डेरा डाले बैठी है। आज तो, भगवान लम्बी उमर करे, पानदेव बेचारे की—बामन बनिये के घर में। बिष्टों-रजवारों का सा कुंवर

निकल आया है। कहने लगा, 'गुणवंती, जो तुझे चाहिए, एक पर्ची में लिखवा दे।'···अन्नी, तू अभी किसी से जिक्र मत करना कि उधारी पानदेव लला ने दी है। बिरादरीवालियां आएंगी, तो सबसे पहले यही टटोलेंगी कि हाय, बड़ेदारों की सी दावत का सामान कहां से आ गया? पानदेव लला तो कहता था कि 'अभी हमारे बाबू से भी जिक्र न करना।' देवाल बाजार की तरफ जाती है, तो कभी-कभी 'सेवा मानिए' कह आया कर, जब अकेले में बैठा हो।'

फर्श पर पालथी मारकर बैठते हुए, गुणवंती ने सारे सौदे को अपने सामने फैला लिया और आनंदी से डिब्बे-थाली-देग मंगवाकर, सहेजती रही, "सूजी बड़ी दानेदार है। बढ़िया ढंग से गोला-सौंफ डालकर बनानी है। गुटकों के मसाले जरा चटांकदार ही रखना। अरे, यारो, गुलाब उस्ताद मर गए, उनके नसीब में अपनी लाड़ली का यह सगुन देखना नहीं लिखा रहा होगा, लेकिन गुणवंती तो जिंदा है। मैं भी दिखा देना चाहती हूं कि गुणवंती को उजड़ा हुआ समझने वाले देखें अपनी आंखों से खुद कि हां, जिसने देखा-सुना होता है, उसकी नजर और नीयत कैसी होती है। मेरी देली में पांव पड़े कभी भगवान जी के, तो सारी बिरादरी को जेवनार कराके दिखा दूंगी कि कमाने को कौन नहीं कमाता, लेकिन खर्च करने की भी एक तमीज होती है।···ला, एक घूंट चहा बनाकर पिला दे तो। सौदा लेकर जल्दी लौट आने के चक्कर में पदम ठाकुर की दुकान तक भी नहीं जा पाई। जाती हूं, तो चहा-पान को जरूर पूछ लेते हैं। ये तेरे दोनों भाई किधर निकल गए?"

गुणवंती का चेहरा इस वक्त संतोष-भरा था।

आनंदी ने बताया कि शायद, शहर की तरफ निकल गए हैं, जल्दी ही लौटेंगे।

जब तक में आनंदी चाय बना के लाई, गुणवंती ने सूजी बीन ली थी। गोला कतरने की तैयारी करते हुए, चाय का गिलास उसने बड़े जतन से हाथ में लिया। बोली, "सूजी-गुटका-पूरी बनाने में तो लालता-मोहिनी-रेशमा लोग हाथ बंटाएंगी ही। खाने का इंतजाम तो, खैर दो-चार लोगों का ही करना है। रमदिया हौर तो खाएंगे ही। नू एक बात का ध्यान रखना शुरुआत सरस्वती वंदना से ही करना। अभ्यास तुझको करवा ही चुकी हूं। उसके बाद छोटे

अलापों के साथ मालकोंस या चंद्रकोंस में से एक गा देना। इसके बाद एक फिल्मी, एक गजल वही गुलाम उस्ताद वाली—'गजब किया, तेरे वादे पर ऐतवार किया!'···और फिर एकाध पहाड़ी, बस, इतना काफी होगा। बीच में तुझे थोड़ा आराम देने को एकाध गाना दूसरों से गवा दूंगी या सारंगी पर बदरिया ही कोई गत बजा लेगा। हारमोनियम लेके नूरे आ जाता है, तो ठीक ही है। वैसे तो मुसलमान लोग अपनी बात के पक्के जरूर होते हैं।···धूनी के बंगले की तरफ कल गई थी, तो कहती आई थी।"

आनंदी पतीली में आलू भरने लगी थी कि एकाएक गुणवंती उठ खड़ी हुई। बोली, "ला, अन्नी, बताशों वाली पुड़िया इधर ला। दो सींक अगरबत्ती की निकाल दे। इकन्नी कहीं शायद, पड़ी होगी मेरे पास ही। जरा भूमिया देवता के दरबार में दीया-बत्ती कर आऊंगी। सांझ होने ही वाली है। सूरज महाराज स्याही घूरे से लग गए हैं। तू भी जरा तुलसी के गमले में दीया जला देना मेरे वापस लौटने तक। फौजी लोग तो, मैं समझती हूं, वही आठ-नौ बजे तक आएंगे। आज तो चांदनी रात है। कोई कारज करना हो, भगवान का नाम लेकर ही करना चाहिए।"

पाताल देवी की तरफ नीचे उतरते हुए, गुणवंती की नजर एकाएक हिमालय श्रेणियों की ओर गई। इस वक्त नंदादेवी-नैदाकोट की श्रेणियां बादलों से ढंकी हुई थीं।

गुणवंती ने बैठक की तैयारी पूरी कर ली थी। आनंदी को उसने कभी बड़े अरमान से संजोकर सिलाई हुई बेलदार मखमल की घाघरी, मखमल की ही आंगड़ी (ब्लाउज) और साटन का छोटा पिछोड़ा पहनाकर, एकदम गुड़िया की तरह सजा दिया था। बुरे दिनों में भी गिरवी पड़ने और बिकने से बचाई हुई छोटी-सी बुलांकी भी पहना दी थी। आंखों में गहरा काजल, कपाल में चमकीली बिंदी और हथेलियों में मेहंदी के फूल—'न लगे, किसी की ओछी नजर तुझको।'···सजाने-संवारने के बाद, देवी-प्रतिमा का आभास देती-सी आनंदी को देखते ही विह्वल होकर, माथा चूम लिया था गुणवंती ने। सजी-

संवरी आनंदी गलीचे पर बैठी हुई थी और गुणवंती को लग रहा था, कि आज उसने अपने-आपको हमेशा-हमेशा के लिए अतीत में समेट लिया है। जैसे ही बैठक शुरू होगी और आनंदी सरस्वती-वंदना में अपने होंठ खोलेगी—गुणवंती को कितना अलौकिक लगेगा वह क्षण ! हे माता कासार देवी, तू ही लाज निभा देना, मैया ! गुणवंती ने धीमे से अपनी आंखों को पोंछ लिया।

एक नजर फौजी अफसरों की प्रतीक्षा में बैठे बिरादरी के लोगों पर डालकर, गुणवंती ने चारों ओर दूर-दूर तक देखा, जैसे फौजी लोग कभी भी, कहीं से भी प्रकट हो सकते हों।

अदरिया और बदरिया भी आज जरा धुले कपड़े पहनकर, आनंदी के दायें-बायें बैठे हुए थे। सज-संवरकर, नुमाइश में रखी गुड़िया जैसी वह चारों ओर से देखी जा रही थी और दबे स्वरों में लोग अपनी-अपनी राय भी व्यक्त कर रहे थे। फौजी लोग समय से आ गए होते, तो अब तक बैठक शुरू हो चुकी होती। प्रतीक्षा में रहते हुए आनंदी को कुछ असुविधा हो रही थी। बिरादरी के लोगों के आ जाने से जहां एक ओर वातावरण निजू-सा लग रहा था, वहीं कोई स्वर, बोल और लय गलत पड़ जाने पर टीका-टिप्पणी की आशंका भी मन को असन्तुलित कर रही थी। रेशमा मौसी पीठ-पीछे बैठी गुनगुना रही थी और ललिता खटका दे रही थी।

आने को मोहिनी भी आई थी, लेकिन उसने गुणवंती से पहले ही कह दिया था कि वह चाय-पानी-पान-सिगरेट के बन्दोबस्त में हाथ बंटाएगी। रमदिमा बदरिया की बगल में बैठा, चरस-भरी सिगरेट पीता हुआ, निहायत इतमीनान में दिख रहा था। अधमुंदी आंखों से कभी-कभी वह चारों ओर क्षण भर के लिए देख लेता था और फिर अपने-आपमें समाधिस्थ हो जाता था।

'बहुत पंचम सुर में जैसी मिला करके रख रखी थी बसंती काकी ने अपनी छोरी, ऐन शुरुआती महफिल में ही टें बोल गई।' आनंदी के कानों में कपड़े-जेवर पहनाते-पहनाते दिए गुणवंती के उपदेश अभी भी गूंज रहे थे, 'जलते हुए कोयलों पर छोड़ने पर भी जो धूप गंध नहीं देती, चेली ! उसका खरीदार दुबारा नहीं खरीदता। भरी महफिल में जिस डेरेवाली का इल्म लोगों

की नजर न बांध ले, उसका पेशा कभी नहीं चल सकता। और कई डेरे वालों की छोरियां तो पैसे-पैसे को बचपन से ही गली-गली में नाच दिखाती फिरती हैं, मगर मैंने तुझे हमेशा मंदिर की मूरत जैसी घर में ही आसन दे के पाला-पोसा है। इसलिए, कि तेरी कदर नहीं घट जाए। बहुत सस्ते आटे में चुक्कड़ ज्यादा होता है। ···सुन, चेली! जो बैठक में आएंगे, उनके अलावा भी तमाम बिरादरी के लोगों से ले करके, दुकानदार और चलते-फिरते लोगों तक न जाने कितने डेरे की तरफ आ-आकर कान-आंख लगा जाएंगे, कि देखें, गुणवंती की बेटी में कैसा हुनर आया है? ···और जो फौजी लोग आने वाले हैं न, कोई किसी गांव का होगा, कोई किसी गांव का। कोई सौर अरकोट, कोई हाट, कोई सेराघाट का। कोई किसी बटालिन में होगा, कोई किसी बटालिन में। यहां से अपने-अपने ठौर-ठिकानों को लौटेंगे, तो अपने-अपने यार-दोस्तों में तेरा जिकर करेंगे, कि यार, शहर में फलानी का नाच-गाना सुना था। इल्म वाला तो अपनी ही ठौर बैठा रहता है, मगर इल्म सच्चा हुआ, तो जस अट्ठार कोस अपने-आप पहुंच जाता है। अगरबत्ती तो अगरदान में ही सुलगती रहती है, मगर उसकी खुशबू सारे कमरे में भर जाती है। कस्तूरी कस्तूरे की नाभि में बंद पड़ी रहती है, मगर हवा जिस तरफ बहे, कस्तूरी की गंध सारे बन में फैल जाती है, चेली!'

गुणवंती पान के बीड़े और सिगरेट की डिबियां एक थाली में सजाने के बाद, फिर बाहर झांक आई, मगर फौजी लोग अभी भी नहीं दिखाई दे रहे थे। अंदर लौटकर, गुणवंती ने फिर याद दिलाया, "अन्नी, यह तेरी पहली बैठक है, लली! पहले माता सरस्वती की वंदना ही करना। ऐसे हाथ जोड़कर, आ-आ-आ—आबा वे, भर दैणा है जाए तू, ओ माता सरोस्वती-ई-ई—माई···गाना। यह अपनी कुलदेवी की सेवा का फूल है, इसे बड़ी श्रद्धा और जतन के साथ माई के चरणों में चढ़ाना चाहिए, चेली!···"

10

ध्यानी के होटल में ही खाना खाकर, दोनों दोस्त रात के लगभग आठ बजे वहां से चले, तो बहुत प्रसन्न थे। करमसिंह ताश में लगभग चार सौ रुपये जीत गया था।

"डियर ठाकुर, बाप का गंवाया बेटा लौटाता है। न सही साले पूरे डेढ़-दो हजार—चार-पांच सौ के करीब तो तुमने मार ही दिए। पहली ही बार बाजार की फड़ में खेल पर भी तुम अठंगी-धाकड़ जुवारियों की तरह खेल जाओगे, मैंने नहीं सोचा था। डर रहा था, कहीं जेब के पचपन रुपये जाते रहें, तो आनंदी की महफिल में जाने का क्या होगा।··· यों तो गुणवंती को सौदा मैंने उधार दे ही रखा था। हारा मैं भी नहीं हूं। बीसेक रुपये बढ़ती ही होंगे। इसका मतलब यह हुआ कि आनंदी हम लोगों के लिए शगुन वाली सिद्ध हो रही है। खास तौर पर तुम्हारे लिए···"

पानदेव हंसा, तो करमसिंह भी हंस दिया। बोला, "यार, अब इस वक्त मैं बाबू की 'पोजीशन' का अंदाजा लगा रहा हूं। साग बेचा होगा, कितने मिले होंगे? मुझे सवा तीन बैठे, उनको ज्यादा से ज्यादा पांच-सात बैठे गए होंगे। दस-बीस हो सकता है, उनके जेब में पड़े हों। कोई तुम्हारी तरह गल्ले की संदूक थोड़े रखा रहता है हमारे घर में। बाज वक्तों में साली चवन्नी दुर्लभ हो जाती है। अब तुम सोचो कि जब डेढ़ हजार की ढैया गंवाकर, हमारे बाबू गांव पहुंचे होंगे और मेरी हरकत पता चली होगी, तो उन्होंने मां की क्या दुर्गत की होगी? हम लोगों के यहां, डियर, औरतों की कोई कद्रदानी नहीं। हमारे बाबू

एक तो जुवारी, दूसरे शराबी और रण्डीबाज भी हैं···।"

पहली बार पिता के लिए इतना सख्त शब्द कह जाने पर, उसे कुछ गलत कह जाने का अहसास हुआ, लेकिन पानदेव की बातों में सब खो गया, "डियर, सब कुछ आदमी सीखते-सीखते ही सीखता है। जुवारी तो आज हम लोग भी हो गए हैं, कल को रण्डीबाज भी हो सकते हैं। आदमी जुवा ऐसे ही नहीं खेलता, डियर!···इसकी भी एक रफ्त होती है। सबेरे गांव से सब्जी की डलिया मार तल्ली-मल्ली बाजार घुमाते-घुमाते तुम्हारी चुटिया बैठ गई होगी···और यहां, स्साली एक बेगम की 'ट्रेल' ने सौ-डेढ़ सौ बरसा दिए। बच गए कहो, यार, कहीं उसके पास बादशा की 'ट्रेल' निकल आई होती···खैर, डियर, मेरी एक बात मानोगे?'

सड़क किनारे के लैम्पपोस्ट के सहारे खड़े होकर, पानदेव ने करमसिंह का हाथ जरा जोर से दबाया, "तुम्हारी-हमारी दोस्ती को इस दुनिया की कोई ताकत नहीं तोड़ सकती है।"

"बोलो तो सही।"

"बात ये है, डियर ठाकुर, कि ये जिंदगी एक सफर है।"

"सर्टेनली, डियर गुरू!···मगर तुम गजबज में क्यों पड़े हो? बोलो, सौ-पचास तुमको दे दूं?"

"नहीं, डियर! पानदेव को क्या तुमने पैसों का बेटा समझ लिया, प्यारे? पैसा मेरे बाप कुशलदेव के लिए पैसा है—पानदेव के लिए है हाथ का मैल।··· 'मैं तो, डियर, तुझसे कहना चाहता था कि एक अद्धी लेकर, जेब में डाल लेते हैं। अभी एलारशा की दुकान खुली होगी। हमारे चाचाजी वाले घर में ऊपर का कमरा बिलकुल एकांत में है। बिल्कुल थोड़ी-थोड़ी ले लेंगे···"

वापसी में दोनों गिरजाघर के अगले चौराहे से रानी धारा वाली सड़क पर मुड़ गए। चांदनी रात में का चलना, दोनों को, किसी स्वप्न में चलने जैसा प्रतीत हो रहा था। लगता था, इस छोटे शहर का किसी विशाल 'लैण्डस्कोप' की सी अलौकिकता में प्रतिबिम्बित होता हुआ परिवेश, दोनों के लिए, निहायत संक्षिप्त तथा आत्मीय हो आया है।

पाकर के वृक्षों की छाया में पांव रखते हुए चलना। कल्पना में आनंदी के जिंदा डांस की महफिल में कला पारखियों की सी मुद्रा में बैठना। हारे हुए जुआरी की नींद में मुर्दों की तरह पड़े बाप के पास कल सुबह का भरी जेब लेकर पहुंचना। यार करमसिंह, तुझको सचमुच पानदेव गुरू की दोस्ती का शुक्रगुजार होना चाहिए।

बच्चों को टाफियां देने के बाद, पानदेव ने काकी से कह दिया कि दोनों के लिए रोटियां बना दे। गाहे-बगाहे पानदेव यहां आ जाया करता था। खुद चाची भी बुला आती थी, मां भी भेज देती थी, 'चाचा फौज में ठहरे, एकांत का घर हुआ।'

ऊपर वाले कमरे की चाबी लेकर, पानदेव करमसिंह को साथ लेकर आगे बढ़ा, तो चाची ने कहा, "क्यों रे पानू, यह तो तिरलोकसिंह का बेटा करमिया जैसा दिखाई दे रहा है।"

"जैसा क्या है, वही है, काकी! इस साल अब करम से भी 'प्राइभेट' भरवाना है। 'जौइंट स्टडी' करने का इरादा है। अगले साल तो कालेज में दाखिल होने का संकल्प कर लिया है।" कहता हुआ पानदेव आगे बढ़ गया।

दरवाजे की कुण्डी भीतर से चढ़ाकर, थोड़ी देर तक, खिड़की से दोनों ही गुणवंती के घर की ओर झांकते रहे। वहां इस वक्त, कोई खास हलचल नहीं थी। हां, चंचला डेरेवाली का घर तो ओट में था, लेकिन वहां से गाने-नाचने की आवाजें आ-आकर, आसपास के पेड़ों पर चमगादड़ों की तरह लटकती-सी महसूस हो रही थीं।

थोड़ी ही देर में चाची खाना ले आई, तो पानदेव बोला, "अब तुमको बार-बार ऊपर आने की कोई जरूरत नहीं, काकी! हो सकता है, हम लोग खा-पीकर, यहीं से 'विजय का डंका' देखने निकल जाएं। यहीं पीछे वाले रास्ते से निकल जाएंगे, तुम चिंता न करना। तारी कुछ अ-आ-क-ख सीखने लगा है, या नहीं?"

"द, उस दिन तू ही सिलेट लिखकर रख गया था, उसी में कमेट भरा होगा। सबेरे जरा कान खींच देना तो। इस वक्त तो सो गया है। तुम लोगों को रोटी-साग कम पड़ा···"

“अरे, नहीं, काकी! पर्याप्त है सारी सामग्री। अब तुम जाओ। हम लोग बीजगणित के कुछ ‘क्वैश्चनों को सौल्व’ कर डालना चाहते हैं। हां, यार, तू कह रहा था कि किसी संख्या को ‘एक्स’ मान लेने के बाद ‘वाई-डब्ल्यू-जेड’ का समीकरण···”

चाची के जा चुकने का इतमीनान होते ही, दोनों ने खूब जोर का ठहाका लगाया। दरवाजे की सिटकनी चढ़ा आने के बाद पानदेव बोला, “बाई गाड, ये पहाड़ी औरतें एकदम देवी तुल्य होती हैं, प्यारे!”

कांच के गिलासों में थोड़ी-थोड़ी ढालकर, पानदेव ने आमलेट की पुड़िया खोल डाली और कहीं किसी हवामहल में बैठे रईसों की तरह दोनों दोस्त, खिड़की में से, लगातार गुणवंती के घर की ओर आंखें लगाकर बैठ गए। वहां से कभी-कभार कुछ संगीत की लहरें जैसी उठती थीं, लेकिन साफ दिख रहा था कि आनंदी न तो गा रही है और न नाचती है। गैस के हण्डे की तेज रोशनी में जितने लोग दिख रहे थे, गुणवंती की जाति-बिरादरी के ही लोग लगते थे। उन लोगों की गतिविधियों में घरापे का सा इतमीनान झलकता था।

थोड़ी ही देर में दोनों ने देखा कि बारात विदा हो चुकने की सी हड़बड़ी में लोग उठ रहे हैं और सभा भंग का सा दृश्य उपस्थित होने लगा है। गुणवंती के गोठवाले कमरे में बैठे बिरादरी वाले एक-एक कर बाहर निकलते तथा कुछ चंचला डेरेवाली के घर की तरफ, तथा कुछ देवाल बाजार वाली सड़क पर वापस मुड़ते दिखने लगे।

“डियर गुरू, नंदादेवी का डोला उठ चुका दिखता है। कहीं ऐसा तो नहीं कि फौजी लोग आकर जा चुके हों?”

“नहीं, डियर ठाकुर! जहां तक मेरी ‘नौलेज’ काम कर रही है, मैं समझता हूं, फौजी लोग आए ही नहीं हैं। मेरी वेस्ट एण्ड वाच में साढ़े दस का वक्त हो चुका है। कहीं ऐसा तो नहीं कि आनंदी की महफिल में आने वाले फौजी भी चंचला के डेरे पर पहुंच गए हों?”

“समथिंग इज पौसिबुल।”

“ऐसा करते हैं, यार, खाना जल्दी निबटा लो। नीचे उतरकर ही देखते हैं

कि माजरा क्या है।"

दोनों दोस्त नीचे उतरे, तब हलके नशे में थे। छोटे-छोटे खेतों पर से एक पगडंडीनुमा रास्ता चंचला डेरेवाली के घर की तरफ चला गया था, दूसरा थोड़ा-सा घूमकर, गुणवंती के डेरे पर।

गुणवंती के डेरे की तरफ न जाकर, दोनों चंचला की तरफ बढ़ गए। थोड़े-से फासले पर खड़े होकर, दोनों ने देखा कि चंचला की महफिल जमी हुई हैं और लम्बे कद का बिशन लम्बू अलग से पहचाना जा सकता है।

"डियर गुरू, अगर जुवा ही खेलना पड़ गया, तो एक न एक दिन इस बिशनिया लम्बू की तिब्बती रब्बू की जैसी खाल जरूर उतारूंगा।" तिरलोकसिंह के हारने का प्रसंग याद आते ही, करमसिंह ने प्रतिद्वंद्विता के से तेवर में कहा।

पानदेव ने प्रसंग बदलते हुए कहा, "गुणवंती की बैठक बैठ गई लगती है।"

किंचित् करुणामय होते हुए, दोनों दोस्त गुणवंती के घर की ओर पलटे। मोड़ पर से ही दिखा कि गैस का हण्डा बुझा हुआ है और सिर्फ एक लालटेन की रोशनी उत्सव के बीत चुकने की सी उदासी फैला रही है।

आनंदी भी संभवतः अपनी जगह पर से उठ चुकी थी। दोनों की खोजी आंखों ने पाया कि महफिल के उखड़ चुकने का विषाद गुणवंती के डेरे पर कोहरे की तरह घिरा हुआ है।

गुणवंती न जाने किस-किसको कोस रही थी। उसके दोनों बेटे बाहर की दीवार के ऊपर, निराश मुद्रा में बैठे बीड़ी पी रहे थे।

पानदेव ने कहा, "डियर करम, गुणवंती की हालत देखकर, बहुत अफसोस हो रहा है। यार, डियर, तू एक काम कर सकता है। तू जाकर के जरा गुणवंती को इस तरफ बुला ला। मैं जाता, मगर मेरा जाना कहीं काकी के कानों में पड़ गया, तो बाबू तक शिकायत जरूर पहुंचेगी।...मैं उधर कब्रिस्तान की तरफ वाली गली में खड़ा रहूंगा, तू गुणवंती को वहीं बुला ला। उसको समझा देना, पानदेव गुरू ने बुलाया है। हल्ला-गुल्ला ज़रा-सा भी नहीं करे। मैं उसे यहां एकान्त में समझा दूंगा, कि इस तरह केकयी का जैसा विलाप करने में कोई फायदा नहीं है।

इससे अच्छा है कि वह चुपचाप अपने यहां महफिल शुरू कर दे। पहले-पहले दिन का अशगुन अच्छा नहीं होता है।···और, यार, उसका गोठवाला कमरा कब्रिस्तान की तरफ एकदम एकान्त में पड़ता है। उस तरफ को काकी हौरों के आने-जाने का रास्ता भी नहीं है। जैसा कि खिड़की पर से सारा नजारा दिखता था—हम दोनों उस गोठवाले कमरे में एक कोने में बैठकर, आनंदी का डांस देख सकते हैं, डियर! मैं अभी चला जाता, मगर इस समय गुणवंती जरा उखड़ी हुई है। मुझसे भी जोर से बोलने लगेगी, तो पोल खुल जाएगी। यहां एकांत में उसे जरा ढंग से समझा दूंगा।···और, डियर, एक काम और करना है। वहां से हम जल्दी लौट ही आएंगे, लेकिन खुदा न खास्ता कहीं देर हो जाती है और काकी पूछ लेती हैं, तो कह देना, नाइट-शो सिनेमा देखकर लौट रहे हैं।"

"माफ करना, यार गुरू, जम्बू के बेटे तो आज हम दोनों हो गए हैं। आज का तो स्साला पूरा दिन फिल्मी हो गया है।" कहता हुआ करमसिंह गुणवंती के घर की ओर बढ़ गया।

इस वक्त बैठक के कमरे की देली में बैठी हुई गुणवंती स्वगत भाव से बड़बड़ा रही थी, "हो गए, यारो, वो पलटन के सिपाही-हौलदार स्साले अपनी महतारियों से मुस्यार[1] हो गए। उस मोतिया फटली[2] ने भी रख ली आज अपनी आभा।···मेरी तो आज वही दुर्गत हो गई, यारो, कि मूंडी भिगोकर तैयार बैठे रहे, मगर नाई का कहीं पता नहीं। मैं तो बयाने का भरोसा कर बैठी। मोती उस्ताद तो अत्तर के नशे में धुत भोटिया धरमशाले में औंधा पड़ा हुआ होगा और उन अपनी महतारियों के खसम फौजियों का रात के ग्यारा-बारा बजे तक कहीं नामोनिशान नहीं है। तबले-सारंगी का सुर मिलाते-मिलाते अदरिया-बदरिया की, गले का सुर मिलाते-मिलाते अन्नी छोरी की और पान-सुपारी-सिगरेट, चहा-मिठाई का बंदोबस्त करते-करते मेरी मिट्टी पलीत हो गई, मगर धुआं देखने को तो बहुतेरे आ गए थे, गुणवंती पर बीती का दुख घटाने को कोई नहीं रहा। सब स्साले सूजी-गुटकों का भोग लगाकर,

---

1. खसम।
2. धोखेबाज।

पान-सुपारी चबा-चबा, सिगरेट की फूंक लगाते हुए मसानघाट का मूर्दा फूंक चुकने की सी बेफिक्री में अपने-अपने डेरे को रफूचक्कर हो गए—बेचारी ये मोहिनी-ललता अभी तक बैठी हैं। जाओ, बहना, तुम लोग भी फौजियों के हाड़ चबा-चबाकर अपने घर को जाओ अब। कब्रिस्तान से गुजरता रास्ता है, बाल-गोपाल का साथ। जो होनी होती है, होके रहती है। आनंदी छोरी से भी कह दो, बहना, कि फौजियों के न आने से कोई रांड़ थोड़े हो गई हैं। रोना-धोना अच्छा नहीं होता है। आदमी को तो मौत भी बर्दाश्त करनी होती है।''

करमसिंह पर एकाएक नजर पड़ी, तो गुणवंती देली पर से उठकर, चली आई। वह बाड़े में खुबानी के पेड़ के सहारे खड़ा था, लगभग ओट में होता हुआ।

"क्यों, कौन हो तुम भैया? यहां शिकारियों का जैसा दम साधे क्या देख रहे हो?"

"मैं पानदेव गुरू का दोस्त हूं। हम दोनों तुम्हारे यहां महफिल···"

"द, महफिल तो फौजियों की गति में लग गई, गुसांई! क्यों, पानदेव लला कहां है? तुम किसके कुंवर हो?"

"मेरे बाबू को ठाकुर तिरलोकसिंह कहते हैं।" कहते हुए करमसिंह ने जोरों से सिगरेट का कश खींचा। वह अपने ऊपर गुणवंती की उपस्थिति का दबाव महसूस कर रहा था। अचानक उसने पैण्ट की जेब में हाथ डालकर बटुवा निकाला और दस रुपये का नोट गुणवंती की तरफ बढ़ाता बोला, "ऐसा है, आनंदी की मां! आनंदी को तो हम लोग बचपन से जानते हैं। पानदेव गुरू खास तौर पर इस हादसे से परेशान हैं कि फौजी लोग 'अण्डरग्राउण्ड' हो चुके हैं। उधर चंचलिया की महफिल तो खूब जमी हुई है। हम लोग···"

"द, गुसांई, उसके यहां तो शराबी-कबाबी-रण्डीबाजों की महफिल है, उसमें जमना ही है। हमारी अन्नी···"

"अन्नी, जहां तक हम लोगों की 'अण्डरस्टैंडिंग' है—बहुत शरीफ लड़की है। इस वक्त तुम जरा तैश में हो, अन्नी की मां। जरा मेरी बातों को गौर से सुनो। पानदेव गुरू आनंदी का डांस देखना चाहते हैं। तुम सयानी औरत हो। हम लोग घरवाली की निगाह में 'स्टूडेण्ट' टाइप के विद्यार्थी हैं। महफिल

तुमको कुछ ऐसे 'ऐरेंज' करनी है कि ज्यादा दूर तक फैले नहीं। पानदेव गुरू मेरा इंतजार कर रहे होंगे। ले आऊं उनको?"

"द, तुम कुंवर लोगों के पांवों के तलुवे और मेरी माथा, गुसांई! मैया कासार देवी, तेरे घर देर है, अंधेर नहीं है। तुम जाओ, गुसांई—पानदेव लला को बुला लाओ। मैं बिल्कुल घर की जैसी जुगत करती हूं।"

दुबारा दोनों के वापस आने तक, गुणवंती ने बैठक जमा ली थी। मोहिनी और ललिता आनंदी को सहारा देती-सी बैठी थीं। अदरिया-बदरिया सारंगी-तबले पर हाथ रखे बैठे थे, जैसे सनातन रूप से बैठे हों। सभी लोगों ने एक-साथ 'सेवा मानिए, गुसांई!' 'कहा, तो दोनों को ही अपनी यह अगवानी रोमांचक लगी।

दोनों एक तरफ बैठ चुके, तो आनंदी ने, किंचित् झुकते हुए, 'सेवा मानिए' कहा। दोनों ही अपूर्व राग में डूब गए। बचपन में, और बाद में किंचित् बड़ी होने पर भी, सामान्य, अधमैले वस्त्रों में दिखाई पड़ने वाली आनंदी इस वक्त कहां थी। इस समय तो महफिल का श्रीगणेश करने की तैयारी में नववधू की तरह संवरी आनंदी की रूपराशि देवीप्रतिभा जैसी अलौकिक लग रही थी। आंखों को झिंपा देने वाली। दोनों को ही लगा कि आनंदी की इस अपूर्व उपस्थिति को संभाल नहीं पा रहे हैं। इसी हड़बड़ी में करमसिंह ने फिर दस रुपये का एक नोट निकाला और आनंदी की तरफ बढ़ा दिया। आनंदी संकोच में बैठी ही रह गई थी कि गुणवंती लाड़ से बोली, "चेली, अपनों से शरम करेगी पगली! तेरा तो उजड़ा हुआ आशियाना बसा दिया है कुवंर लोगों ने। थाम ले और माथे से लगाकर, 'सेवा मानिए, गुसांई!'' कह।...और फिर अपना शगुन शुरू कर। मया दाहिनी हो गई हैं—शुद्ध ठाकुर के हाथों से बोहनी हो रही है तेरी!"

आनंदी मां के बताए अनुसार सारा उपक्रम पूरा करने के बाद, अपनी जगह पर बैठती अत्यन्त मोहक ढंग से मुस्कराई, तो गुणवंती ने कहा, "अब, अन्नी, वही 'आबा भर दैणा है जाए तू माता सरोसती' वाली वंदना से बैठक शुरू कर दे, चेली!"

गुणवंती के हाथ जोड़कर, आंखें मूंदते ही बदरिया ने सारंगी पर गज फिराकर, मीठी-सी धुन निकाली और अदरिया ने चक्करदार निहाई लगाने के बाद, दीपचंदी

ठेका शुरू कर दिया। जैसे ही आनंदी ने आलाप भरा, मोहिनी-ललिता ने रेजगारी उसके सिर पर से घुमाकर, गलीचे पर बिखेर दी। आनंदी के दूसरे आलाप भरने तक, पानदेव ने एक-एक रुपये के कई नोट उसकी तरफ डाल दिए। आनंदी ने पूरा सुर साधकर, गाना शुरू किया ही था कि गुणवंती ने बिखरे हुए रुपये बटोरे और दो-दो रुपये अदरिया, बदरिया, इनदिया मोहिनी, और ललिता के हाथों में थमाती बोली, "द, गुसांई लोगों ने सबका दस्तूर पूरा कर दिया है।"

दोनों ही दोस्तों को यह सब अपूर्व लग रहा था। पहली बार उनकी समझ में यह रहस्य भी आ रहा था कि डेरेवालियों की बैठकों में हिस्सा लेने वाले सयाने लोग कैसा अनुभव करते होंगे। करमसिंह मन में तय कर चुका था कि अब ज्यादा से ज्यादा दस-पांच रुपये उसे और खर्च करने हैं। सारे परिक्रम के बीच, वह भीतर ही भीतर आने वाले दिन के अमने-सामने होने की तैयारी कर रहा था। जुवे में हारे हुए पिता का सामना करने में जेब में पड़े रुपये सहारा देंगे, यह अहसास उसे सावधान कर रहा था। गुणवंती के पास से लौटकर जब वह आ गया, पानदेव ने भी सतर्क कर दिया था। वह तो आनंदी की आंखों का पहला-पहला साक्षात्कार था, वह दस रुपये से कम का नोट निकाल नहीं पाया। आनंदी की सुन्दर वेश-भूषा की तुलना में उसे अपना पहनावा और भी खल रहा था।

फौजियों की उपस्थिति में कुछ दबाव महसूस कर सकती थी, पानदेव-करमसिंह में उसने एक घरेलूपन की सी प्रतीति अनुभव की और पूरी सरस्वती-वंदना को निहायत संतुलित ढंग से गाया।

गुणवंती ने दरवाजा उढ़का लिया था। सिर्फ खिड़की खुली थी। गैस का हण्डा दुबारा जलाने की जरूरत नहीं समझी गई।

उन दोनों की उपस्थिति और संकोच तथा रोमांच से रक्तिम चेहरों का कुछ ऐसा प्रभाव पड़ा आनंदी पर कि उसने गुणवंती वाले क्रम को तोड़कर, सीधे गजल शुरू कर दी। जैसे ही दूसरी पंक्ति 'तमाम रात कयामत का इन्तजार किया' पूरी की थी उसने कि दरवाजे पर दस्तक पड़ी। कोई दूसरा उठे, इससे पहले ही, गुणवंती तेजी से बाहर निकल आई।

देखा, शराब के नशे में धुत-से बिशन बाबू और उसके दो दोस्त खड़े हैं। गुणवंती ने दरवाजा ज्यों का त्यों बन्द कर दिया और उनके साथ थोड़ा आगे निकल आई। बोली, "अब, ठाकुर साहब, हमारे यहां की बैठक तो एक तरह से खत्म ही हो चुकी है। कैसी रही चंचला की महफिल? खैर, नाचती तो लाजवाब है। अब हमारे यहां तो फिर कभी तय होगी बैठक, गुसांई! आज तो जहां तक मैं समझती हूं, वैसे भी रात के बारा बजने वाले होंगे!"

बिशन लम्बू, कुछ देर, गुणवंती को घूरता रहा। उसकी पारखी आंखों ने देख लिया कि गुणवंती काट रही है। बिना कुछ बोले, उसने जेब में से ढेर सारे रुपये बाहर निकाल लिए। फिर थोड़ा हंसकर बोला, "गुणवंती, तू जानती है, मैं जालना के सेब के बगीचों से आया हुआ शख्स हूं। मैं तो अपने गांव फालसीमा को लौटने लगा था। हमेशा आधी रात के खबीस की तरह ही लौटता हूं।...अचानक तेरे कमरे में से शमशाद बेगम के गले का सुर कानों में पड़ गया। वहां चंचला के यहां भी चर्चा थी कि फौजी लोग पहुंचे नहीं हैं। फौजियों को, गुणवंती, मार तू झाड़ू। अट्ठार रुपल्ली तनखा पाने वाले संगीत की बैठक में कितना लुटा सकते हैं, मैं आज तेरे घाघरे का अगला पल्ला भर दूंगा—बस, आनंदी की महफिल सजा दे।"

चांदनी में बिशन लम्बू सचमुच प्रेत-सा लग रहा था। गुणवंती ने तेजी से कुछ सोचा और फिर 'अच्छा, दो मिनट को आप लोग मेरे साथ आओ, गुसांई!' कहते हुए उन्हें ऊपर वाले कमरे में ले जाकर, बिठा आई, "बस, दो मिनट आप लोग यहां बैठे रहें। जरा आपसी के लड़के लोग आए बैठे हैं, उन्हें विदा कर देती हूं।"

गजल दरवाजे पर दस्तक पड़ते ही रुकी थी, ज्यों की त्यों रुकी पड़ी थी, जैसे कोई परिंदा अचानक हवा में गायब हो गया हो।

गुणवंती की ओर सभी जिज्ञासा से देखने लगे थे। वह धीमे से पास आई। बोली, "फौजी लोग आ गए हैं। अब लाचारी है, बयाना पहले से लिया हुआ है। लला, अब आप लोग इस वक्त अपने घर चले जाइए। आनंदी तो आप लोगों के देली पर की लड़की है। जब कहोगे, जैसे कहोगे, जितना

कहोगे, वाली बात है। अब तमाम फौजी लोगों के बीच जरा घर के बालकों का बैठना शोभा नहीं देता है।"

दोनों दोस्त आंगन और बाड़ा पार करते हुए, अपने कमरे में लौट आए, तो पानदेव बोला, "डियर, गुणवंती ने चूना लगा दिया। सोच रही होगी, अब छोकरों से ज्यादा से ज्यादा कितने निकलेंगे। इसीलिए, डियर, मैंने तुमसे पहले ही कहा था कि दस दे चुके हो, अब मत देना। लेकिन आखिर-आखिर तुम हो तो जुवाड़ी ठाकुर की औलाद !"

करमसिंह कुछ नहीं बोला। वह जैसे किसी कल्पनालोक में अभी भी खोया था। बोला, "गुरू, जो हुआ, सो हुआ। अब मैं तो लम्बी तानना चाहता हूं।"

खिड़की खुली थी। हवा के झोंकों के साथ गाने और घुंघरुओं के बजने की आवाजें कमरे तक पहुंच रही थीं। सुन दोनों दोस्त रहे थे, लेकिन आपस में बोलने की जरूरत किसीने नहीं समझी।

11

नववधू के से श्रृंगार में मुजरा करती आनंदी को सपने में देखता है या सिर्फ अपनी कल्पना में—इस बात का ठीक-ठीक अनुमान लगाना कठिन है। खुली खिड़की में से आकाश को देखना अपने-आपको ही देखने जैसा क्यों लगता होगा? चांदी की क्या हाल है, साहब? लगता है, कभी प्रेमी को चोर आंख से ढूंढ़ती स्त्री की तरह उपस्थित होती है और कभी सास की डांटी हुई बहू जैसी गायब हो जा रही है। शायद, बादल लगे हुए हैं। पहाड़ी मौसम का भी क्या ठिकाना है। अच्छी तरह याद है, आनंदी गजल गा रही थी, तब आंगन में बिखरी थी चांदनी। अब कमरे में घुप्प अंधेरा है। आंखें मुंदी हैं। भीतर ही भीतर एक मद्धिम रोशनी आर-पार फैली लगती है। दिखाई देता है कि 'मोशन' में अपने हाथों की अंगुलियों को आपस में जोड़कर, देवीमुद्रा में सिर के ऊपर ले जा रही है और उसे लगता है कि कोई उसे हवा में उठाने की कोशिश कर रहा है।

शायद, अब रात के खुलने का वक्त निकट आ रहा था।

पानदेव की नाक का बजना, करमसिंह को, अपने निजी संसार में व्याघात-सा लग रहा था। एक निहायत मामूली-सी लड़की इस तरह आंखों को बांध लेने वाली निकल आएगी, कौन सोच सकता था। दो वर्ष पहले जब छोटी बहन की शादी हुई थी, तब भी ऐसा हुआ था। काली झगुली और अक्सर ही बिखरे रहने वाले बालों और घर-गोठ तथा खेतों पर के काम की धूल-मिट्टी तथा थकान में जकड़ी रहने वाली बसंती दुल्हन की वेश-भूषा में एकाएक कितनी बदल गई थी? रोज की

ही देखी हुई, लगता था, पहली बार देखी गई है। जिस समय बसंती को डोली में बिठाया गया था—विदाई के लिए—कुसुम करे चटक रंगीन पिछौड़े, राजकन्याओं का आभास कराने वाले मुकुट और सोने के नाथ में कैसी लग रही थी तब बसंती?

इस बार की भिटौली देने गया था, दो ही बरसों में उस देवीप्रतिमा लगती हुई बसंती मां की तरह मुर आती लगी।

करमसिंह को लगा, भावुक हो रहा है।

गुणवंती डेरेवाली की लड़की को स्मरण करते हुए मां-बहन को याद करने में क्या तुक है!

घर में कभी-कभी इस बात की चर्चा की जाती है कि करमसिंह के लिए लड़की देखते रहना है। स्वाभाविक है कि उस लड़की को खुद करमसिंह सिर्फ उस दिन देखेगा, जब बारात कन्यापक्ष में पहुंचेगी।

आनंदी को देखना सारे संसार में भर गया है। डेरेवालों की लड़की न होकर, जाति में से होती, तो करमसिंह का मन हो रहा था कि वह प्रार्थना करता।

अपनी कल्पना में रात का यह वक्त आनंदी के साथ बिताना कितना रोमांचक लग रहा है।

करवट बदली, तो फिर घर पहुंचने पर उपस्थित होने वाले दृश्यों का पूर्वानुमान लगाने में मन उलझ गया। जुए में हारकर घर लौटा तिरलोकसिंह गुफा में वापस पहुंचा हुआ घायल शेर होता है। हो सकता है, जब तक में वह अपने जीते हुए रुपयों में से हारे हुए बाप को तसल्ली पहुंचाने की कोशिश करे, तिरलोकसिंह उसपर झपट्टा मारकर, बिजली की तरह कड़कता ही चला जाए कि, 'क्यों रे स्साले बदजात, बंध चुका तेरे बाप का कपोत? पड़ चुका तेरे सिर पर सफेद छोपा[1], जो मेरे जीते-जी ही बिजनिस के कामों में मेरे बाप की तरह से दस्तन्दाजी करने लग गया है।'···

---

1. सफेद कपड़े को गांठ मारकर, खुली चांद की टोपी के जैसे आकार में, माता व पिता के मरने पर बेटे के सिर में बांधा जाता है, जो अंत्येष्ठि-क्रिया सम्पन्न हो जाने पर ही उतरता है। इसी को 'छोपा डालना' कहते हैं।

करमसिंह को याद आ रहा था, मां की और अर्थी-कफन की गालियां देने में तिरलोकसिंह अपनी जोट नहीं रखता। पथरीली सड़कों पर नंगे पांव पैदल चलते-चलते, तिरलोकसिंह के पंजे चौड़े हो चुके हैं। दायें पांव की तली में ठोस सुम भी फूटा है, जो पीठ पर ऐसे चुभता है, जैसे कोई ऐंचे तख्ते पर कील ठोंक रहा हो।

करमसिंह को यह भी याद आ रहा था कि हो सकता है, करमसिंह की करतूत और अपनी हार की सारी खुन्नस तिरलोकसिंह ने मां पर उतारी हो? उसकी आंखों में कल सुबह का वह दृश्य उभर आया, जब रुपुली अपना वक्ष विदीर्ण करती-सी खड़ी हो गई थी। उसकी आंखों से आंसू बह रहे थे। बाल उलझे और कुरती के बटन खुले हुए। अपने स्त्री होने के दण्ड भुगतने की गवाही में नितांत कारुणिक ढंग से उघड़े उसके झुर्रियों से भरे स्तन—करमसिंह को लगा कि मां की उस दारुण मूर्ति को वह अब इस वक्त के अंधेरे में ज्यादा साफ देख पा रहा है।

वह लगभग चीखता हुआ पुकार उठा, "मां!"

हालांकि उसने आवाज को काफी दबाया था और पंखी से तुरत सिर ढांप लिया था, लेकिन पानदेव जाग गया।

"क्यों, डियर करम, गायत्री का जाप जैसा क्या कर रहा है? रात ब्या गई है क्या?" पानदेव ने पूछा, तो करमसिंह पहले झेंप गया, फिर रुआंसा होकर बोला, "यार, डियर गुरू, रात तो अभी नहीं, मगर मेरे करम ब्या गए हैं और शायद, वही कहावत सामने आ गई है कि 'बांसा सोहे बांसुरी, मगर बनाया लट्ठ—ऐसा जनमा जनमिया जनमैया चौपट्ट।'...अब तुमसे क्या छिपाना, डियर! कल मैं बाबू से चोरकर, घर से साग-सब्जी तोड़ लाया था और बाजार में उल्टे-सुल्टे दामों में बेच आया था। खैर, जहां तक सब्जी कुछ सस्ते दामों में बेचने का सवाल है, मैं जहां तक समझता हूं, कम से कम तीन सौ सत्तरी के आसपास तो अभी भी जेब में मौजूद होंगे। जैसे कि तुम तो कह रहे थे कि फिजूल-खर्ची हो गई है, लेकिन जमाने को देखते हुए—और खासतौर पर इस बात को देखते हुए कि कोई अपने बाप की कमाई में से तो दिए नहीं—आनंदी के हाथ पर रखे हुए बीस रुपये कोई बहुत बड़ी रकम तो है नहीं। क्यों, गुरू? हालांकि तुम बनिया आदमी ठहरे...आशिकी क्या चीज होती है, इसे तुम क्या जानो?"

"तुमने तो, प्यारे, फल्लाश की जीती हराम की कमाई में से दिए? मैं खालिस अपने बाप की कमाई में से करीबन अट्ठार रुपये, छः आने का सौदा गुणवंती को पहले ही उधार दे चुका था। उसका पर्चा भी अलग से बनाया, दुकान के उधारी रजिस्टर में नहीं लिखा। ···तुम पानदेव से क्या बहुत ठकुराई भिड़ोगे, डियर? मेरी वजह से ही तुमको आनंदी का जिंदा डांस देखने की 'अपरच्युनिटी' मिली, प्यारे!' नहीं तो तुम्हारे जैसे सागबेचुवा खसिया लोग···"

"डेरेवालियों के डांस मैंने खुद बहुत देखे हैं, यार!"

"सड़क छाप देखे होंगे। चीप डांसिंग। ऐसे मंगखछे डांस तो, डियर, हर सड़क चलता देख लेता है। तुम्हारे नसीब में रईसों की बैठक कहां लिखी हुई थी? तुम्हारे-हमारे जैसों को तो गुणवंती डेरेवाली घाघरे से ढंककर रख देगी।"

"लेकिन एक चीज है, गुरू! आदमी को—और खास तौर पर, जहां तक मैं समझता हूं, तुम्हारे जैसे नेकनाम बाप के बेटे को अमानत में खयानत नहीं करनी चाहिए। बैठकबाजी, लोफरी अपनी जगह पर है, लेकिन दुकानदारी अपनी जगह पर है।"

"प्यारे, तुम नहीं बोल रहे हो, जार्ज पंचम बोल रहा है। जार्ज पंचम है तो इंग्लैंड का बादशाह, जैसा कि हिस्ट्री में हम लोग पढ़ते आए हैं—मगर हिन्दुस्तानी के जेब में जार्ज पंचम जरा और ज्यादा गरमी पैदा कर देता है।"

"अब करीबन डेढ़ दिन मुझको अपने साथ फंसाकर यही भाषा बोलोगे, प्यारे? दोस्ती की ताली दोनों हाथों से बजाई जाती है, डियर! एक मैं हूं, जो तुम्हारी दोस्ती की खातिर डेरेवालियों की बैठक में फंस बैठा, जबकि हमारे बाप-दादों ने भी कभी···"

"तुम्हारे बाप को खुद मैंने डेरेवालियों की बैठक में हुड़दंग करते देखा है, डियर!"

"बाप तक जाना ठीक नहीं, गुरू! जैसा तुम्हारा, वैसा मेरा बाप! कुशलदेव और तुम ब्राह्मणवंशज होकर डेरेवालियों की संगत कर सकते हो, जिनका कि पवित्र पेशा पूजा-पाठ बताया गया है, तो हम ठाकुर लोगों को क्या

नाम रखते हो, गुरू! फिर भी, जहां तक मेरा खुद का सवाल है, मैं तो, डियर, उसी दिन 'थुरू' घर को रवाना होने वाला था। मैं तो कैसी-कैसी बियाबान और खतरनाक जगहों से आधी-आधी रात को तक घर रवाना हो जाया करता हूं।···मगर मैं यही सोचकर रुक गया, गुरू अपने स्कूल के बहुत पुराने डियर हैं। उन्होंने जब 'करमसिंह, जरा यहां रुक जा, डियर!' कह दिया है, तो एक रात दास्तीखाते में ही सही।··· मैं क्या जानता था, यहां डेरेबाजी में फंसा जाएगा? अब आज तो मेरे बाबू मुझको जरा-सा भी जिन्दा तो हरगिज-हरगिज नहीं छोड़ने वाले हैं, डियर!···"

"मगर, डियर, बाई गॉड कहो—मुझसे रात को यह कहां कहा था, तुम घर से साग-सब्जी चोरकर, बेच आए हो? चोरी करना तो वैसे भी 'डिफोल्टर' है, यार! अगर तेरे बाबू ने कहीं पुलिस में रिपोर्ट लिखा दी होगी, कि मेरा बेटा मय साग-सब्जी के कल से गुमशुदा हो गया है, तो जाब्ता कार्रवाई दीवानी हुलिया कटाने की भी हो सकती है। फिर तू तो, शायद, अपनी मां का भी कोई जेवर-बुंदा भी चुरा लाया, शायद? नहीं तो, मां से माफी क्यों मांग रहा था?"

"पानदेव गुरू, यार डियर, तुम भी बहुत घिसी हुई रकम हो। बात तो तुम एकदम 'औलराइट' किस्म की कह रहे हो कि चोरी का कुकर्म साला कोई अच्छा काम नहीं है। मगर, डियर, कभी-कभी कोई पोजीशन ऐसी भी आ जाती है, आदमी कई तरह के गुनाह कर बैठता है।"

"बाई गॉड, डियर, तेरा माइंड भी बहुत तेज है। तूने आखिर पकड़ लिया कि सुबह होने के वक्त में हम दोनों मेढ़ों की तरह आपस में क्यों टकरा रहे थे। तू अगर उस गांव के खड्डे से निकलकर, कहीं बाजार-शहर में बिजनिस करने बैठता, तो गजब कर देता, डियर! ···मुझको भी एक तुझ जैसे फ्री-इस्टाइल दोस्त की बहुत सख्त जरूरत है। तू यहां होता, तो ऐसी मजेदार जिंदगानी गुजरे, डियर, कि बाई गाड—मजा आ जाएगा। और, तू अपने यहीं देवाल की बाजार में साग-सब्जी की दुकान खोलने की क्यों नहीं सोचता है? जितने रुपयों में डोटियालों की तरह कुलीगीरी करते हुए, अपने सिर पर डलिया लिए-लिए 'कोई सब्जी लेते हो, कोई सब्जी लेते हो' चिल्लाते हुए,

तेरे बाबूजी तल्ली-मल्ली बाजार के चक्कर काटते हैं, उससे ड्योढ़-दूने तुम आराम से दुकान में बैठे-बैठे ही वसूल कर सकते हो। जहां तक गुणवंती का सवाल है, प्यारे, वह बहुत ऊंची चीज है। अकेले उसके डेरे में पहुंचना न तुम्हारे लिए ठीक रहेगा—न मेरे लिए।"

"लेकिन दुकान की बात तो बहुत दूर का ख्वाब है, डियर गुरू! अभी तो पहले अपनी जान फांसी पर झूल रही है। मेरे बाबू तो बहुत ही विकट स्वभाव के आदमी हैं। बाई फादर, आज मेरी पूरी हजामत होने वाली है। घर वापस जाने की हिम्मत नहीं पड़ रही है। सोचता हूं, यहीं से पलटन बाजार जाकर, फौज में भर्ती हो जाऊं क्या?"

"प्यारे, तुम्हारे फौज में भर्ती होने और छुट्टी पर लौटने तक में आनंदी दो बच्चों की मां बन चुकी होगी। मुझको तो, डियर, कल रात गहरी नींद तब लगी है, जब संकल्प कर लिया है कि इस चीज को हासिल करना है। डियर, तुम तो ठाकुर हो, मुझे बांमन कहते हो।···लेकिन, बाई फादर, इस बात को मैं जोर देकर कहना चाहता हूं कि मर्द के बच्चे को अपनी नाक कभी नहीं कटानी चाहिए। कल रात गुणवंती ने जिस तरह से बिशन लम्बू की आव-भगत करते और हम लोगों को दूधपीते बच्चों की तरह बहला-फुसला के वापस कर दिया—मैं भी डियर गुणवंती को दिखाना चाहता हूं कि अट्ठार रुपये का उधार सौदा देने का जोखिम कलेजा से ही उठाया गया था!"

"इस आनंदी को तो हासिल करना है। जहां तक मैं समझ रहा हूं, इस बात ने मेरी जिंदगी का ख्वाब हो जाना है।" कहते हुए करमसिंह को लगा कि कल रात भर जितनी तरह से, और जितने रूपों में, वह आनंदी को स्मरण करता रहा—भीतर की वह सारी व्याकुलता इस वक्त एकसाथ चेहरे पर इकट्ठा हो आई होगी।

"अच्छा, गुरू, इस वक्त इजाजत हो, फिर जल्दी ही मुलाकात होगी।" कहते हुए, उसने जूते पहने और बाहर निकल आया। नीचे गली में पहुंचते ही उसने अपनी जेब को टोहा कि रुपये यथावत हैं, या नहीं। अपने इस इरादे को फिर से स्मरण किया कि जितना भी सम्भव हो सके, घर के लिए चीजों की

खरीदारी कर लेनी है।

कब्रिस्तान की दीवार शुरू हुई, तो उसे लगा कि रुपयों के होने का अहसास ही है, जो उसे सुरक्षा देता चल रहा है। कब्रिस्तान में देवदारु के वृक्षों का हवा की लहर में होना उसे प्रकृति की कृपा की तरह महसूस हुआ। और वह एकाएक ही गाना गुनगुनाने लगा—'हां-आं...गजब किया...गजब किया...'

बाजार शुरू होते ही, उसने चुप लगा ली और गांव वापस पहुंचने की तैयारी में व्यस्त हो गया।

12

श्यामा दूर से ही आती दिखाई दे गई। रेवाचरन का मन, बीजक पर से उचटकर बजरिया सड़क के चौकोर पथरौटों पर राधारानी की मूरत जैसी भटकती चलती श्यामा (मिरासिन) की लम्बी-लम्बी बांहों तक पहुंच गया।

दोपहर के वक्त का सन्नाटा लगभग पूरे शहर पर पसरा लगता है। लकड़ियां, साग-सब्जी और पहाड़ी घी वगैरह बेचने वाले भी इस वक्त इक्का-दुक्का ही गुजर रहे हैं, सुबह की सी आवाजाही नहीं।

श्यामा का एकाएक का दिखाई पड़ना कुछ ऐसा लगा, जैसे सोचने का भी एक रिश्ता होता है। लम्बे अरसे से जिस उदासीनता और विक्षुब्धता में रहने का अभ्यास हो गया था, श्यामा के संसर्ग में आने के बाद से उसमें काफी बदलाव आ गया है। घर के खीझ, असंतोष और तनाव-भरे वातावरण से दूर-दूर रहने की कोशिशों में कब धीरे-धीरे श्यामा के इतने निकट जा पहुंचे, इस बात का जैसे कोई होश रहा ही नहीं है।

रेवाचरन ने सरसरी तौर पर बाहर, चारों ओर देखा। सत्तार मियां का लड़का रशीद दुकान पर बैठा था, जिसका मतलब था कि सत्तार मियां दोपहर का खाना खाने गए और अब शाम के वक्त ही आएंगे।

जब तक में श्यामा उनके करीब आती, उन्होंने तय कर लिया और संकेत से बता दिया कि इस ओर से न आए। बाहर के 'शो रूम' के पीछे गोदाम का कमरा है और ऊपर आफिसनुमा कमरा, जिसका रास्ता गोदाम वाले कमरे से भी जाता

है—पीछे की गली से भी। ज्योंही श्यामा गली की ओर को मुड़ी, याद आया कि उस तरफ का दरवाजा खुला न होगा। तेज कदमों से गोदाम वाले कमरे के भीतर खाली लकड़ी की सीढ़ी पर होते हुए, ऊपर पहुंचे। दरवाजे की चिटखनी खोली। देखा, श्यामा गली के ऊपर पड़े चौड़े पत्थर पर खड़ी है।

"सेवा माने, गुसांई!" कहते हुए वह हाथ को कपाल की ओर उठा ही रही थी कि रेवाचरन धीमे से फुसफुसाए, "पहले कमरे में आ जाओ।"

बाजार की ओर वाली खिड़कियां बंद पड़ी थीं। घर से आने के बाद से नीचे 'शो रूम' में ही बैठे रहे थे। अंदेशा सिर्फ गली की तरफ से देखे जाने का ही हो सकता था। दरवाजे की चिटखनी चढ़ाने के साथ ही उन्होंने अपने सारे डर को समेट लिया—देखा जाएगा।

श्यामा को चारपाई पर बैठने का इशारा करके, रेवाचरन फिर नीचे उतर आए और रशीद को आवाज देते हुए बोले, "बेटे, जरा इधर भी नजर रखना। खीमसिंह खाकर लौट आए, तो बता देना, मैं जरा सो रहा हूं—जगाए नहीं।'"

रशीद ने 'जी, चचाजी' कहकर गर्दन हिलाई और रेवाचरन 'शो रूम' के सिर्फ एक पल्ले को खिला छोड़कर, श्यामा के पास पहुंच गए। लकड़ी की सीढ़ी के मुहाने पर का पल्ला उन्होंने एहतियातन नीचे गिरा दिया और ऊपर से उसके ऊपर एक खाली ड्रम खिसका दिया, ताकि खीमसिंह एकाएक ऊपर न आने पाए।

श्यामा ने अत्यन्त मीठे कटाक्ष के साथ 'आप तो बिल्कुल भूखे बाघ की सी उतावली में हैं, गुसांई!' कहते हुए उन्हें धीमे से संतुलित किया और जूते-मोजे उतारने लगी।

रेवाचरन को अपनी उतावली का ही नहीं, परिवर्तित मानसिकता का भी अहसास हुआ कि क्या इस हद तक अपने-आपको बदल डालने का साहस वह पहले कभी कर पाते? श्यामा को उन्होंने एक बार अपने ठिकाने का भूगोल जरूर समझाया था कि 'ऊपर के कमरे में गुसलखाना भी है और एक चारपाई भी डाले रहता हूं। कभी कोई मेहमान टिक जाता है। कभी मैं ही रह जाता हूं। दोपहर को सोने की आदत भी है।'... लेकिन यह क्या खुद उन्होंने कभी सोचा भी था कि श्यामा को अपने एकांत कमरे में यों बुला डालने का

साहस वह बरतेंगे—वह भी भर दुपहरी में?

स्मृति पर जोर देने पर लगा कि ऐसा तो अभी कल रात भी सोचा था, जब लीला बहू भिनभिनाती से 'तो मैं मांजी के पास ही सो जाती हूं' कहती हुई कमरे से बाहर निकल गई थी। श्यामा के यहां का पहुंचना भी उन्हें याद आया था कि कैसे रात के एकांत में देखते ही श्यामा जैसे हजार आंखों वाली हो आई थी और तय है कि वैसे स्त्री-सुख की कल्पना तो लीलावती के ठण्डेपन में से की ही नहीं जा सकती, जो हमेशा धूप की पहुंच से बाहर रहने वाले एकांत की सी प्रतीति से भरा रहता है।

लौट जाने की पहल श्यामा ने ही की और 'गुसांई, मेरा यहां रहना आपके लिए ठीक नहीं होगा। मेरी तो क्या बदी और क्या नेकी। आइंदा ऐसी गलती नहीं करूंगी। आप तो मर्द की जात हैं, मुझे सब्र रखना चाहिए था। अब कभी उस तरफ घूमने निकलिएगा, तो दर्शन दीजिएगा। डेरा अब पहले से काफी ठीक हो गया है। ध्यानी मास्टर इन दिनों भावर चले गए हैं। अच्छा, चलूंगी, सेवा मानिए।' कहते हुए उनके पांवों को छूकर, हाथ माथे पर लगाते हुए, अत्यन्त सावधानी से चिटखनी उतार, तुरत बाहर निकल गई।

कुछ क्षण तो सिर्फ बदहवासी रही, लेकिन श्यामा के काफी दूर निकल चुके होने के इतमीनान में आते ही रेवाचरन को कुछ ऐसी राहत अनुभव हुई, जैसे खदेड़े जा रहे चोर के पीछे मुड़कर देखने पर, दूर-दूर तक कोई न दिखाई पड़े। उन्हें लगा कि श्यामा के दिखाई दे जाने से लेकर, अब तक का सारा वक्त बदहवासी में ही गुजर गया। श्यामा जैसे बादल की तरह घेर थी, उसके हटते ही सब कुछ उजागर हो आया है। सारे जिस्म पर ग्लानि और दुश्चिंता पसीने की तरह उमस आई है। कहीं अतल अंधेरे में छिपी हुई सी यह तैयारी कि ठीक है, एक बार को बदनामी और बिरादरी—बाहर हो जाने के जोखिम से टकराना पड़ेगा और तय है कि जख्मी होना पड़ेगा, लेकिन सिर्फ एक बार।

जैसे अपने आवेग को संभाल न पा रहे हों, रेवाचरन तेजी से उठे। गुसलखाने में जाकर नहाया और कपड़े बदले, तो याद आया कि सुबह से नाश्ता तक नहीं किया है।

खीमसिंह के आ चुकने का आभास होते ही, आवाज देकर, ऊपर बुलाया। खीमसिंह ने नीचे की ओर से ठकठकाया, तो याद आया कि सीढ़ी के मुहाने पर ड्रम हटाना तो भूल ही गए।

चाय-टोस्ट ले आने को कहकर, रेवाचरन फिर ऊपर लौट आए। खिड़कियों को उन्होंने अभी तक नहीं खोला था। खोलना शुरू किया, तो लगा, चारों तरफ से एक वेग के साथ कमरे में आती हुई हवा के सामने बिल्कुल नंगे पड़ गए हैं।

समय भी कभी-कभी किस तरह आता है। फर्क करना कठिन हो जाता है कि यह सिर्फ वक्त का दबाव है, जिसमें चीजें तेज आंधी में ऊपर उठी धूल की तरह माथे पर आ गई हैं—या कि इनकी जड़े अपने ही भीतर कहीं हैं।

लीला बहू के साथ दाम्पत्य जीवन की शुरुआत के दिन अब ज्यादा याद आते हैं। ठीक है कि अपने कालेज जीवन के संगी-साथियों के साथ का घूमना-फिरना, ताश खेलना, सिनेमा देखना—बहुत-सी आदतें ऐसी थीं, जिन्हें बत्तीस साल की उम्र तक तलछट की तरह नीचे बैठ चुका होना चाहिए। खास तौर से एक कुलीन परिवार में।···लेकिन, जितने और जिस तरह के अपवाद रेवाचरन के विरुद्ध फैला दिए गए, उस सबके बीच लीला बहू से उनके दाम्पत्य जीवन की शुरुआत अच्छी हो नहीं पाई।

रेवाचरन भावुक और कल्पनाजीवी जरूर रहे हैं, लेकिन सहिष्णुता का अभाव तो उनमें कभी नहीं रहा और काफी मुखर रूप में सौतेली मां और भाइयों के अवमानना-भरे व्यवहार का भी खुद अपनी ओर से ठीक उसी अप्रियता के साथ जवाब कभी नहीं दिया।

सोचते हैं, तो यह जरूर लगता है कि लीला बहू ऐसे आई थी, दूर-दूर तक प्रेम या भावनाओं के ज्वार का उसमें कहीं कोई चिह्न दिखता नहीं था। लगता था, तुलसी के पौधे की तरह सिर्फ भांवरें फिरने और मंगलसूत्र धारण करने भर की मानसिक तैयारी साथ लेकर आई है। खुद रेवाचरन कुछ संग-साथ, कुछ कविता-उपन्यास-नाटक पढ़ने के शौकीन होने और कुछ अपनी कल्पनाजीवी मनोवृत्ति ही नहीं, बल्कि थोड़ा-बहुत निष्णात किस्म की स्त्री-संसर्गों में भी रह

चुकने के कारण जैसे कुछ इस तरह की पत्नी की प्रतीक्षा में बैठे थे, जो आते ही अपने सम्पूर्ण आवेग, राग और स्त्रीत्व के साथ उन्हें छा लेगी।

यह सब हुआ नहीं। जहां तक पिता शारदाचरणजी का सवाल है, अपनी ओर से कोई कोर-कसर रखी नहीं थी उन्होंने, बल्कि सारी जात-बिरादरी में एक अरसे तक यह बात चर्चा का विषय रही थी कि जाति-पांति के मामले में लगभग अभेद्य किस्म के दिवान परिवार में रिश्ता करने में वह सफल हुए थे।

'अनजान धरती की यात्रा करते में, पूरब-पश्चिम, उत्तर-दक्षिण इन चार दिशाओं का ध्यान रखना जरूरी है, गृहस्थ-पंथ धारण करते समय कन्या-पक्ष की चार स्थितियों को देखना आवश्यक है—जात, औकात, विसात और कुल।' पंडित शारदाचरण पांडेजी की यही मान्यता थी।

रेवा उनकी पहली घरवाली से थे। दूसरी घरवाली से दो लड़के थे, एक लड़की। मगर पहली बरखा और पहला पूत प्यारा।···जब से सिद्धि देवी नहीं रह गईं, तब से तो रेवा पर उनकी ममता और गहरी हो गई। कामना थी कि रेवाचरन के पांवों में भंगोले की रस्सी नहीं, सोने की जंजीर पड़नी चाहिए।···सो जब गल्ली के लमधोतिया (लम्बी धोती पहनने वाले ब्राह्मण) और ठुलघरिया, (हवेलीवाले) दिवान-खानदान के उमावल्लभ जोशीजी ने अपनी सुकन्या लीलावती उनके घराने में देने का पंचांगुल आश्वासन दिया, तो लगा कि कृतार्थ हैं।

लीलावती बहू का आना तो अभी भी याद है। चौबीस वर्षों की सयानी-सयानी आई थी, हालांकि जिस्म में उतना भराव नहीं था। लेकिन रंग कैसा, जैसे कोई राजकन्या हो। नये-नये स्वर्णाभूषणों की सी कौंध पूरे चेहरे में भरी हुई आंखों में एक तरह की शीतलता और पतले होंठों के कारण गायत्रीमंत्र जैसी पवित्र लगती हुई लीला बहू—देवी-प्रतिमा का सा रूप था वह!

आज विग्रह की मनःस्थितियों में वह सब स्वप्नवत् लगता है। कौन जानता था कि यह सारा साक्षात्कार दिवास्वप्न की तरह टूटेगा और लीला बहू की अवमानना उनके भीतर के पुरुष को घुन की तरह खाती ही जाएगी!

शायद चौथे या पांचवें दिन वह एकान्त उपलब्ध हुआ था, तब तक लोकरीतियों और कुलदेवताओं के पूजन में ही लीला बहू व्यस्त रही थी।

न जाने कब से पलंग पर यों ही बैठी थी उनके कमरे में। रेवा तो ताश खेलने में ही खोए रहे थे क्योंकि लीला बहू कहां है—यहां, या मायके में, उन्हें कुछ जानकारी नहीं थी। सिद्धि देवी थीं नहीं। शारदा पंडित एक पुण्य कर्म हाथों आ चुकने की सी आत्मतृप्ति में प्रयाग चले गए थे—अपने दामाद धरतीधरन तो शादी वाले दिन ही लौट गए थे—दूसरे, गंगा स्नान कर लेने की कामना।

जाते समय रेवाचरन के सिर पर हाथ फेरते हुए आशीष दे गए थे और यह कहते हुए रो भी पड़े थे कि, 'आज, बेटे, सातवां दिन है। तेरी मां सिद्धि लगातार सपने में आ रही हैं। शादी की रातों के वक्त भी लगता रहा, जानकी माता की प्रतिमा की तरह वही मेरे बायें पार्श्व में उपस्थित हैं। वसी स्त्री पाना बहुत पुण्यों से ही होता है। मेरा साथ तो उन्होंने उम्रभर ऐसे दिया, जैसे मां छोटे बच्चों का देती हैं।'···

आसपास से गुजरती इलावती बहूजी के कानों में उनका आर्द्रस्वर पड़ गया था, और किंचित् व्यंग्य में बोली थीं, ऐसे तो लीला के बाबू, जैसे तुम लड़के से विदा हो रहे हो।'

हो सकता है, मां और पिता के रक्त का ही प्रभाव हो। स्मृति में सब कुछ वर्षा के जल की तरह बीता हुआ इकट्ठा होने लगता है।

लीला बहू, उस वक्त, जैसे उनके आने की प्रतीक्षा में नहीं, बल्कि सिर्फ अपने कुलवधू होने की सी प्रतीति में बैठी थी। किसी लम्बे स्वप्न-दृश्य में खोई-सी, पलंग की पाटी पर पिंडलियां उधारे, पांव झुलाए बैठी थी। रेवाचरन को लगा था, जैसे किसी मायालोक में पहुंच गए हैं और भावुकता-वश अनुराग के साथ लीला बहू की एड़ी-पिंडलियों को ही सुर-सुराना शुरू कर दिया। मगर परपुरुष के स्पर्श से चौंकती-सी लीलावती बहू ने अपने पांव ऐसे समेट लिए, जैसे सिसून (बिच्छू घास) लग गई हो। जमीन पर उतरकर, फर्श पर बेर-बेर माथा टेककर, एक अजीब विरक्ति और सूखी आवाज में कुनमुनाई थी, 'पाप छिमा, पाप छिमा!'

और रेवा को लगा कि उनकी प्रणयाकुल लाजवन्ती जैसी भावुकता को किसीने सख्त पत्थर के नीचे दबा दिया है। उस एक क्षण की विरक्ति, एक क्षण की कटु अनुभूति लौकी लता जैसी बढ़ती, धीरे-धीरे कहां पहुंच गई। फागुन की

पिंगली लगन-चन्द्रिका में पड़ी भांवर-ग्रन्थि आषाढ़ की हरिशयनी एकादशी तक अनखुली ही रह गई। न कभी लीलावती बौराणी ने मनुहार की और न रेवाचरन के मन में लीलावती बौराणी को स्पर्श करने की ललक जागी।

समय को तो बीतना था। बीतता ही जाता था। सास-बहू में अपनापा हो गया था। संयोग से लीलावती की सौतेली सासू इलावती भी दिवान-खानदान के विशाल वट-वृक्ष से एक उपजड़ी जैसी फूटी हुई थीं, सो धरम-पुण्य के कामों में दोनों का चित्त अच्छा रमता था। सोमवार के सन्तति-सम्पत्ति और सौभाग्य देने वाले व्रत से लेकर, पुत्रदा-कामदा-पापांकुशा-हरिशयनी एकादशियों के उपवास और धन त्रयोदशी, गणेश चतुर्थी, संकष्ठा चतुर्थी, अनन्त चतुर्थी, जया पंचमी, विष्णु सप्तमी तथा रोहिणी-नन्दिनी आदि इतने पर्व पड़ते थे कि व्रत-नेम निभाने में ही अधिकांश समय बीत जाता। बाकी बचा समय घर-गृहस्थी के छोटे-मोटे कामों में हाथ लगाते-लगाते कट जाता। लीलावती कोशिश करके तो सामने आती ही नहीं थी। इतना वह जरूर मानती थी कि जहां गृहस्थ-पथ में पांव पड़ गए हैं तो एक सेज की नींद भी झेलनी ही पड़ती है, मगर ऐसी बेहया, बेशरम औरत का तो मुंह नहीं देखना चाहिए, जो मिरासिनी की तरह निर्लज्ज होकर 'आ सैंया, मेरी सेज सो' कहे।...हिन्दू नारी का असली पातिव्रत तो धरम-नेम निभाने में है। व्रत-उपवास-पूजन-कीर्तन से इहलोक-परलोक दोनों सुधरते हैं। ईश्वर-भक्ति भी हो जाती है। पुरुष-स्त्री सम्बन्ध तो संतानोत्पत्ति का निमित्त बनाया है उन्होंने। पति और सन्तति के लिए लम्बी आयु और सुख-सम्पत्ति के लिए व्रत-नियम-उपवास की शास्त्रनिहित परम्परा में ही स्त्री की मुक्ति है—यही मायके में सीखा था, यही इलावती सासूजी सिखाती थीं। हिन्दू नारी का जीवन तो तपस्विनी का जीवन है। उसे तो अपनी कुल-परम्परा की लाज रखनी पड़ती है। पति को सुखी बनाने के लिए भरी पूरी गहस्थी में संन्यासिनी के जैसा तापसी जीवन बिताना पड़ता है। पति के साथ छिनालों की तरह मस्ती अठखेली करने और गोपियों की जैसी रासलीला रचाने का बेहयापन उसमें नहीं होना चाहिए।

ऐसी ऊंची-ऊंची मर्यादाएं और उत्तम संस्कार लेकर लीलावती घर-गृहस्थी के पथ पर पांव धरे थे, तो व्रत-नेम निभाते-निभाते चौमासे की हरिशयनी एकादशी आ गई, मगर कभी पति की सेज पर जरा प्रफुल्ल चित्त से, प्यार-मनुहार करते हुए बैठने को नहीं मिला। रेवाचरन के दुकान से लौटते-लौटते तक सास-बहू तो कभी-कभी रघुनाथ मंदिर, खटमरा मठ और पाताल देवी के अखंड कीर्तनों में से ही नहीं लौट पाती थीं और लौटीं तो फिर कुछ समय पंचामृत बांटने में लगता था और कुछ रसोई संभालने में। सास-बहू को देर होती थी लौटने में, तो शारदाचरण रसोई का काम-काज निबटा रखते थे, मगर रेवा की भूख वृद्ध पिता की पसीने से लथपथ देह को देखते ही मंद पड़ जाती थी।

उस दिन हरिशयनी एकादशी थी। रघुनाथ मन्दिर में हरिपुराण का वाचन हो रहा था। भक्ति-सागर में डूबा चित्त संसार-सागर में जल्दी कहां उतरता है? लौटते-लौटते गिरजे की घड़ी के बारह ठनाके पड़ चुके थे। इलावती सासू की आत्मा भक्ति-सुख से गद्गद हो रही थी, 'बहू, परमेश्वर की हरिकथा और कीर्त्तन का रस भी अनन्त है! अहा रे, आत्मा छलछल डूब जाती है! ले, गिरजे की घड़ी में बारह के ठनाके पड़ गए, मगर मेरी आत्मा तो अभी तक 'ओम् जै जगदीश हरे, प्रभु जै जगदीश हरे' कीर्त्तन की गंगोत्तरी में ही डूबी है।...अब तो रेवा भी लौट के आ गया होगा। बल्कि बाप ने पका रखा होगा, खा-पीके सो भी गया होगा। आजकल त्तो लीलू, घोर कलजुग लग गया है। पहले के पति परमेश्वर लोग जितनी ज्यादा ईश्वर-भक्ति और साधु-संन्यासियों की संगति करने वाली पतिव्रता नारी घर में होगी, उतने आनन्दमय रहते थे।...मगर आजकल के लौंडे-लबारे खसम तो 'देवता की मूरत को मार ठोकर, मेरी टांगों की मालिश कर' कहने वाले हैं। रेवा का चित्त भी कुछ चलायमान किस्म का है...कौन जानता है, मेरे हरीश-दिनेश की बहुएं कैसी आएंगी!'

लछमेश्वर के मोड़ तक पहुंचती-पहुंचती लीलावती के पांव और भी धीमे पड़ने लग गए, 'छिः हाड़ी, मां, आजकल के ब्राह्मण भी चूड़ी-चमारों की जैसी चटोर-छिछोर आदतें कहां से सीख आते होंगे! अब तुमको क्या बताऊं,

मां, पहले-पहले ही दिन वे मेरे पांवों पर फिरंगियों के जैसे टोटके करने लगे। कितना बड़ा पाप लगा मुझको! लगातार तीन दिन तक उपवास रखा मैंने। अब आजकल तो अपने कमरे में जरा शान्त चित्त से पड़े रहते हैं।'

इलावती सासू चौंकी। पहले मन ही मन कुछ बड़बड़ाई, फिर अर्थपूर्ण स्वर में बोली, 'लीलू बहू, जहां खसम घर आ करके शान्त चित्त से सोने लगे, तो फिर उसका भरोसा नहीं करना चाहिए। जंगल में भर पेट शिकार का भोग लगाकर लौटने वाला बाघ गुफा के अन्दर पहुंचते ही शान्तचित्त से अचेत सो जाता है। समझ रही है कि नहीं?'

'इसीलिए तो और भी घिना जाता है चित्त!' लीलावती बौराणी पिच्च-पिच्च थूकने लगी, "पांवों की पिंडलियां दबवाने का हुनर अपने-आप ही तो आ नहीं गया होगा, क्यों मां? इन्होंने बारात की रात भी जैसा छिछोरपना किया था, मैं ही जानती हूं। छिः-छिः, औरों की जूठी देह से किसका चित्त नहीं घिना जाएगा! हमारे कुल में तो मरद लोग पिशाब बैठने पर भी जल से अंग शुद्ध करते हैं। मेरी घर-गृहस्थी का संभलना तो कठिन ही दिखता है, मां! उनके और मेरे संस्कारों में प्रेम-सागर और दुर्गा सप्तशती जितना फरक दिखाई देता है। किसी ऐसे ही कटुवे ओछे खानदान से आई होती, तो निभा भी लेती। हमारे कुल में तो ऐसा छिछोरपना चलता नहीं। हम लोग आठ भाई-बहन हैं, मगर कभी हम लोगों ने अपनी मां को मुंह खोलकर हंसते-बोलते नहीं देखा होगा बाबू से।'

'द, बहू, पहले के तो सतजुगी पुरुष लोग ठहरे। नारी को साक्षात् लक्ष्मी-सरस्वती का सरूप मानने वाले ठहरे। तभी मुंहमांगी संततियां भी जनमती थीं। अब जैसा तुम्हारा ऊंचा कुल था, जैसे जोशी समधीजी साधु प्रकृति के पुरुष थे, ऐसी ही सात्विकवृत्ति की सन्ततियां भी जनमीं। अरे, संतति कोई हा-हा-ही-ही करके खसम के साथ हुड़ क्यानियों की तरह नाचने-कूदने से थोड़ी ही जनमती है!' इलावती सासू का ललाट म्यूनिसिपैलिटी की लालटेन के प्रकाश में चमचमा उठा, 'तूने तो देखा ही होगा, हमारे ही पड़ोस के मुछन्दर पांडे दिन-रात अपनी बौराणी के आंचल में चूहेदानी के चूहा जैसा पड़ा रहता है मगर आज तक बांस के लट्ठों को फूल-फल नहीं लगे। जोशी समधी का पवित्र चित्त ठहरा,

सात्विकी देह ठहरी। ले, भैया, हीरेमोती। आठ भाई-बहनों की जोड़ी जुड़ गई। हमारे पांडेजी भी बड़े भक्त किस्म के आदमी ठहरे। पूजा-पाठ, करम-कांडों में ही उनकी आत्मा रमी हुई रहती है, मगर सत का बीज सात हाथ गहरे गड्ढे में भी पनप सकता है। जब छोटा दिनेश हुआ, तो इनको चौवन बरस पूरे हो चुके थे!'

लैंपपोस्ट के बायें पार्श्व से ही, गाड़ी की सड़क से नीचे को सड़क फट गई है। घर की खिड़की पर जलती हुई छोटी लालटेन दिखाई दे रही थी। इलावती सासू बोलीं, 'देख ले, तेरे बड़बाज्यू (ससुरजी) अभी तक पोथी बांचने में लगे हुए होंगे। ऐसा रेवा को भी खिला दिया होगा, मगर खुद अभी भूखे ही होंगे। ऐसा सात्विकी पति भी पूरब जनम के बड़े पुण्यों से ही प्राप्त होता है। आजकल के लौंडे-लबारे तो···मुझे तो लगता है, आजकल रेवा कुछ लगाने-वगाने लगा है?'

सास की बेधक नजर लीला बहू के सारे वाकूसंयम को तीर की तरह पार कर गई। हालांकि वह यह बात अभी बताना चाहती नहीं थी, लेकिन फूट-फूटकर रोते हुए बताया कि अक्सर ही शराब पीकर लौटते हैं।

"छिः, छिः, छिः···" कहते हुए इलावती सासू सड़क के बिल्कुल किनारे चली गई और वहां से उनके जोरों से थूकने की आवाज लीलावती को साफ-साफ सुनाई दे गई और वह फिर रोने लगी।

रेवाचरण की स्मृति में अतीत की असंतोष-भरी गृहस्थी के पिछले कई वर्ष एकसाथ उभर आए। हरिशयनी एकादशी की रात तक एकसाथ बिछी हुई दोनों चारपाइयां अलग-अलग ठौर चली गई थीं। तब से आज तक ज्यादातर अलग ही रहीं। सवेरे घर जल्दी छोड़ना शुरू कर दिया और रात को कहीं होटल में ही खा-पीकर, सिनेमा देखकर या ताश-शतरंज खेलकर ऐसी बेला लौटना शुरू कर दिया जब कि सास-बहू की जोड़ी अपनी पूजा-अर्चना और चर्चा-कुचर्चा के नित्य-कर्मादि से निबटकर सो चुकी होती। पूजा वाले कमरे की खिड़की से घायल पंछी जैसी उड़ती-उड़ती, कभी-कभी, शारदाचरणजी की व्यथित वाणी सुनाई दे जाती : 'हे राम, श्रीराम! हे राम, श्रीराम!'

13

लगातार सात-आठ दिनों तक चारुचन्दर जी की दुकान के दरवाजे बन्द रहे, तो उनको और श्यामा को लेकर होने वाली चर्चाओं के जैसे पंख खुल गए। सच्ची-झूठी अफवाहें अलमोड़ा के मोहल्ले-मोहल्ले में ऐसे मंडराने लग गईं, जैसे कोहरा भर गया हो।

अफवाहों की दस्तकों से दुकान के बंद दरवाजों का रहस्य कुछ इस तरह खुला कि लोगों में सनसनी-सी फैल गई। 'जो, भैया, आखिर-आखिर ब्राह्मण कुल का सूरज कीचड़ में डूब ही गया।' यह चर्चा थी कि आजकल श्यामा मिरासिन ने अपने ब्याहते को छोड़कर, किसी दूसरे को अपने घर बिठा लिया है। सत्तार मियां इतना ही सुराग पाकर जैसे बंद दरवाजों का रहस्य पा गए और शेरवानी-पायजामा डालकर, बिना किसी से कुछ कहे-बताए, नंदा देवी वाली सीढ़ियों पर हो लिए। गिरजाघर वाले दोराहों तक काफी धीमे कदमों से चलते रहे, जैसे यों ही शाम के वक्त हवाखोरी को निकले हों। रशीदा बेगम के 'ब्राइटिंग कार्नर' वाली कोठी की तरफ रुख किए नामी-गिरामी वकील कल्याण ठाकुर सामने से दिखे और 'कहिए, सत्तार साहब, किधर चली सवारी!' का जवाब, 'राम-राम ठाकुर साहब, कहिए, खैरियत तो है। बस, यों ही जरा टहलने निकल आया।' में देते हुए, मोड़ कटते ही—सत्तार मियां ने अपने कदमों को तेज कर लिया।

जेल वाली चुंगी पार करते-करते सत्तार मियां ने सामने पूर्व की ओर देखा। दूर-दूर से दिखने वाली जालना श्रेणियां सूर्य के ढल चुकने बाद के

धुंधलके में डूबने लगी थीं, जैसे समुद्र में पालदार जहाज लंगर डाले पड़े हों।

जलडिग्गी के पास वाली जमीन तब खाली थी। शाम के झुटपुटे में सड़क की बाईं ओर थोड़ी-सी ऊंचाई पर खेल का छोटा-सा मैदान था। कुछ बच्चे वापसी के लिए बिखर रहे थे। सयानों से पूछना ठीक न होगा, यह सोचकर एक लड़के को अकेला पाते ही, सत्तार मियां ने पूछ लिया, "क्यों बेटे, यहां देवाल में कहीं श्यामा मिरासिन का डेरा जानते हो?" लड़के का चेहरा फुटबाल खेलने में सुर्ख हो आया था। संयोग था कि उसे पता था। पूछा, "आप कौन वाले डेरे के बारे में पूछना चाहते हैं—नये या पुराने..."

"जहां भी वो आजकल रहती हों।" सत्तार मियां जल्दी पता जानना चाहते थे। कहीं यह लड़का उन्हें भी कोई 'आशिक' न समझ बैठे।

लड़के ने मुंह से बोलकर और हाथ के संकेतों से जो ठिकाना बताया, सत्तार मियां ने समझ लिया और 'अच्छा, बेटे, जीते रहो।' कहते हुए आगे निकल गए। मुख्य सड़क छोड़कर, चीड़ों की कतार के बीच से छड़ी टेककर गुजरते हुए सत्तार मियां दरबारी नगर के नजदीक पहुंचे ही थे कि दरबारी नगर से थोड़ा हटकर बने उस छोटे-से मकान पर उनकी नजर बाज की तरह पहुंच गई। पश्चिमी खिड़की में पड़ा गाढ़े पीले रंग का परदा दूर से ही दिख रहा था। कमरे में रोशनी की जा चुकी थी।

सत्तार मियां को लगा कि कारखाना बाजार से यहां तक का लम्बा फासला आसानी से तय हो गया, यहां पर का मुश्किल है। कुल जमा चंद कदमों की दूरी पर मकान खड़ा था, जैसे सत्तार मियां से दूपरदू भिड़ने की तैयारी में खड़ा कोई पहलवान हो। पहली बात तो यह है कि किसी आदमी की जिंदगी के इतने नाजुक मोड़ पर उसके आमने-सामने होना ही एक टेढ़ा काम है। टेढ़ा और तकलीफदेह। रेवाचरन की जो इस दौर में मनोदशा होगी, उसको पूरी तौर पर समझे बिना इस जंगल की आग में हाथ देना ठीक नहीं। जब सिर्फ दोस्ती के हक में सत्तार मियां के पांवों के नीचे की जमीन खिसकी जा रही है कि पानी सिर से ऊपर पहुंच गया होगा, तो इस बित्ते-भर के शहर में जिंदगी गुजारना कितना मुश्किल हो जाएगा। रेवाचरन पंडित का—ऐसे में ऐन रेवाचरन के ऊपर भी तो कुछ बीतती होगी?

गले में कुछ खुश्की-सी महसूस हुई। गले को हाथों से दाबकर, दबी हुई खांसी खांसने के बाद, सत्तार मियां आखिर-आखिर फिर कुछ तेज कदम उठाते उस छोटे-से आंगन में जा पहुंचे। देखा कि रोशनी दोतल्ले पर है, नीचे की मंजिल में नहीं।

यह सिर्फ दो कमरों का था। नीचे रसोईघर, ऊपर रिहायशी कमरा।

सत्तार मियां ने पहले तो सोचा कि अचानक खांसी आ जाने की सी सावधानी के साथ खांसकर, सूचना पहुंचाए। बाहर आंगन में अपनी उपस्थिति खुद उन्हें गलत लग रही थी। रेवाचरन बहुत जज्बाती हैं, यह अहसास उन्हें था। थोड़ी देर द्विविधा में रहने के बाद, आखिर जी कड़ा करके उन्होंने बंद दरवाजे पर दस्तक दे ही दी।

खिड़की से श्यामा ने झांका। सत्तार मियां से उसकी नजर मिली, लेकिन जब तक सत्तार मियां मुंह खोलें, वह तेजी से पीछे घूम गई, "गुसांई, आपकी दुकान के सामने वाले मियां साहब मालूम पड़ते हैं, ठीक से उजाला तो नहीं था···"

"वही होंगे। इतने सलीके से दस्तक देने वाला हाथ किसी हिन्दू का नहीं हो सकता।" कहकर रेवाचरन कुछ क्षणों को चुप लगा गए। फिर काफी दबी आवाज में बोले, "सत्तार मियां का यह पहुंच जाना ठीक नहीं हुआ। खैर, बुला लो ऊपर। कलेजी कुछ और बाकी है, या नहीं?'

"है, अभी लाती हूं।" कहती हुई श्यामा दरवाजा खोलने के लिए नीचे उतर गई।

रेवाचरन के जोर देने पर, सत्तार मियां ने आखिर गिलास हाथ में ले लिया। सोचा कि इसके सहारे बात चलाने की सहूलियत तो हो जाएगी। छोटी-सी मेज पर एक तश्तरी और एक गिलास की मौजूदगी और श्यामा के चेहरे पर की नामालूम-सी सुर्खी से उनकी अनुभवी आंखों ने इतना अंदाजा तो लगा ही लिया था कि दोनों साथ-साथ पी रहे होंगे। एक नजर पूरे कमरे में परिंदे की तरह घूम जाने के बाद, सत्तार मियां कुछ कहने को हुए और गौर से श्यामा को देखा, तो वह धीमे से बोली, "आप लोगों को कुछ ज्यादा निजू

बातें करनी हों, तो मैं नीचे चली जाऊं।"

बात खत्म करने के साथ-साथ, एक विषाद-भरी मुस्कराहट उसके पूरे चेहरे पर कौंध गई।

"नहीं, बहन! जो कुछ मुझे कहना है—तुम्हारी मौजूदगी में ही कहूंगा। ये तो तुम भी जानती होगी—सत्तार मियां अपने बातूनीपन के लिए बदनाम हैं, मगर यकीन जानो, हमें कुछ सूझ नहीं रहा कि हमें क्या कहना है, क्या कहना चाहिए और कि आखिर हम यहां चले आने की गुस्ताखी या बदतमीजी या कि बेउसूली—जो तुम कह लो, अपने बेवक्त और बेवजह चले आने की कुल जमा वजह हमें यह सूझती है कि दोस्ती का रिश्ता भी आशिकी-माशूकी के रिश्ते से कम नहीं। ये रिश्ता भी रात-बेरात वक्त-बेवक्त कुछ देखता नहीं।"

"आपको इतनी लम्बी सफाई देने की जरूरत नहीं, सत्तार भाई! आपकी दोस्ती का हक तो ये है कि मंदिर में पूजा करते बैठा होऊं, तो बिना जूता उतारे आइए और कान पकड़कर बाहर खींच लीजिए···मगर कुछ मोड़ जिंदगी में ऐसे आ जाते हैं सत्तार भाई—आदमी का अपने ऊपर कोई वश रह नहीं जाता। अपनी हकीकत मुझे भी पता है और आपको बताऊं कि अंजाम भी—और मैं जान रहा हूं कि आप इसी से आगाह करने यहां तक आए हैं और मुझे इस बात का भी इतमीनान है···कि आप दोस्त से मिलने के शौक में नहीं, उसकी जोखिम की तकलीफ की मार में यहां तक आ पहुंचे हैं।···मगर खुदा के लिए, इस वक्त मेरी इज्जत रख लीजिए।···और हर्गिज ये न कहिएगा कि 'चलो, पंडित, तुम्हें जरा बाहर तक टहला लाएं।"

सत्तार मियां जहां के तहां थमे रह गए।

"इंसान के जज्बातों की दुनिया बहुत बड़ी होती है, पंडित! उसमें बाहर से दखल देना कोई मायने रखता नहीं। जज्बात का नशा तूफान की तरह आता है इंसान पर···और बुरा न मानो, तो कहूं कि तूफान की ही तरह उतरता भी है।" एक घूंट भरने के बाद, सत्तार मियां फिर बोले, "मैं हर्गिज न आता। इस तरह के आने की कोई अकीयत नहीं होती।···मगर हुआ ये कि जब नजर डालूं, तुम्हारी दुकान के तख्ते आपस में जुड़े दिखाई दें, जैसे ताकयामत

जुदा न होने के अंदाज में माशूक गले से लगे पड़े हों।···और ये तो इस वक्त अब मैं खुद और ज्यादा शिद्दत से महसूस कर रहा हूं कि जितने दिन तुम शहर दुकान पर नहीं आए हो, अच्छे-बुरे को सोचा ही होगा और खूब सोचा होगा। फिर भी अब यहां से जी में मलाल लेके लौटूंगा नहीं कि अरे मियां, तुम अपना कहना-सुनना तो कर आते।···और कहना हमें यही है, पंडितजी कि इस समय तो आपकी आंख में मुहब्बत का परदा पड़ा हुआ है। ये जो तुम्हारे ऐन सिर के ऊपर आशिकों के सरताज उमरखैयाम साहब की तस्वीर टंगी है ना—और उनका खाली पैमाना मश्ती साकी? औरत में हुश्न हो और हो हुनर—सारे जन्नत उसके कदमों पर फैला देती है, मगर हकीकतों की दुनिया बहुत छोटी ही सही, आखिरी और असली वापसी आदमी की वहीं होती है। जिस जज्बाती दुनिया में आप आ पड़े हो, एक दिन वक्त के बीतने के साथ जी भर परदे के हटते ही आपके जेहन में, आपके सीने में एक नया दर्द उभरना शुरू होगा। इस बात का दर्द कि जात-बिरादरी से कटकर आप एक बहुत बड़ी गलती कर बैठे हैं।···और, बहन श्यामा, इतना मैं पंडत जी के और तेरे रूबरू ही कहे दूं, अपनी कौम और अपने फिरके की जिस बुलंदी को आज पण्डत जी ने तेरी जिस्मानी मोहब्बत के सुरूर में डुबो दिया है, वह बहुत जल्दी ही फिर तुम दोनों के बीच में दीवार बनकर खड़ी हो जाएगी। मेरे एक जिगरी दोस्त थे मियां मुजीब। मयकशी के ऐसे दीवाने कि होश में आना गुनाह समझें। एक दिन शराब से लबालब पैमाना बोतल से टकराकर चटक गया। हम वहीं पर थे। कहा, 'मुजीब मियां, पैमाना बदल दीजिए।' मगर मुजीब साहब को तो पैमाना की दरारों से रिसती शराब का ज्यादा मलाल था। एक सांस में पैमाना खाली कर गए। और यह भी होश नहीं कि शराब के घूंटों के साथ शीशे का नुकीला टुकड़ा भी हलक में उतार लिया है।···मगर तू ही बता, श्यामा बहन, कि कहीं हलक में उतरा कांच का टुकड़ा पच सकता है?"

सत्तार मियां ने अपनी बात खत्म करते हुए, जैसी आंख से देखा, वह कुछ हिचकिचाई भी थी, मगर रेवाचरनजी ने सत्तार मियां को वापस फिरा ही दिया। बोले, "सत्तार भाई, जी बहुत दुखा हुआ है। जो कुछ भी कर बैठा

हूं, बहुत-सी मजबूरियों के बाद और सारे नतीजे सोच लेने के बाद ही किया है। अब अगर आप जैसे दोस्त भी मेरी कमअक्ली का और ज्यादा अहसास कराने की कोशिश करेंगे, तो शायद, जी नहीं सकूंगा। मेरी बदनसीबी गुस्से की नहीं, रहम की मोहताज हो गई, सत्तार भाई!"

और सत्तार मियां के हाथों को अपने हाथों में लेते-लेते हुए रेवाचरन बच्चों की तरह बिलख उठे। सत्तार मियां की आंखें भी डबडबा आईं, "मत रो, मेरे अजीब भाई! छोड़ अब सब कुछ उस अलना की मर्जी के भरोसे।···बस, एक बात मेरी गांठ बांध लो, पण्डत भाई! जी छोटा करने से हमेशा गमगीनी और पस्ती बनी रहेगी। दिल मजबूत करने से ही गम घटेगा। खुश रहना चाहो, तो दिल से यह ख्याल ही सुसरा निकालकर फेंक देना कि तुम ऊंचे ब्राह्मन हो और ये छोटी जात की है। गरचे कि अब ब्राह्मन बिरादरी में बने रहने का कोई रास्ता नहीं। ऊंचाई पर से लुढ़का हुआ पत्थर खुद ब खुद पलटकर अपनी पिछली ऊंचाई तक वापस नहीं लौट सकता।···और ऊंची हिन्दू कौमों का यह उसूल ही नहीं, बिरादर, कि अपने गिरे हुए पाये को उठाकर अपने साथ जोड़ लें। हां, नीच कौम तो बड़ी ठहरान वाली बहती धरती जैसी हुआ करती है। ऊंची कौम और नीची कौम—आप हिन्दू लोगों ने तो इन दोनों में छत की ऊंचाई और गड्ढे की गहराई के जितना फर्क रखा हुआ है।···खैर, खुदा जाने, कुदरत को मंजूर क्या है। आखिरी बात और कहे जाऊं, अपना रोजगार-धंधा चौपट मत करो। पैसों के मोहताज की जिन्दगी को सोसाइटी और ज़ात-बिरादरी में और ज्यादा दबोचा जाता है। किसी के आगे हाथ फैलाकर कुछ लेने की नौबत न आने दोगे—भाई मेरे, तो जनाबे-आला सरोसतीकुमार जी की तरह खुशहाल जिन्दगी बसर कर सकोगे। सरोसती साहब की खुशहाली का सबसे बड़ा राज यही रहा कि बस, सैमुअल बने, तो पूरे सैमुअल साहब बन गए। पन्तनामा तो एकदम ऐसे ही रख छोड़ा, जैसे अरबी घोड़े के पीछे की पूंछ सिर्फ मच्छर उड़ाने के काम की रह जाती है।"

सत्तार मियां की बातों से रेवाचरन कुछ आश्वस्त तो हुए, लेकिन लगातार यह अहसास गहरा ही होता गया कि बाजी हाथ से, शायद, निकल चुकी।

हालांकि सत्तार मियां लगातार लम्बी और फैसलाकुन किस्म की बातचीत की सी तैयारी में दिख रहे थे, लेकिन अचानक ही उन्होंने एक लम्बा घूंट भरकर गिलास खाली किया। कलेजी का एक टुकड़ा मुंह में भरा। एक तरफ रखी टोपी और छड़ी उठाई और तुरत उठ खड़े हुए, "अच्छा, भई, मैं चलूं। मेरी ये बात फिलहाल जरूर ध्यान में रखना कि रोजगार का सिलसिला न गड़बड़ाए। आप तो खुद जानते हो कि सीजर और पाशिंग शो की एजेंसी के ख्वाहिशमंदों की गिनती कम नहीं। मुंह पर मीठी हांकने वाले ही लिख मारेंगे कि दुकान बंद पड़ी रहती है और खरीदार मुंह लटकाए वापस जाते हैं। बहते सोते और भरे तालाब के बीच के फर्क को दानिशमंद आदमी भूले नहीं, तभी ठीक रहता है। अच्छा, सलाम, कल दुकान पर मुलाकात होगी।...अच्छा, श्यामा, खुदा तुम्हें सलामत रखें।"

"मैं तो आपके लिए पान लगाने ही वाली थी। जरा-सा रुकें..."

"बस, शुक्रिया, फिर किसी दिन। लौटते में हवलदार के यहां ले लूंगा।" कहते हुए सत्तार मियां इस तरह सीढ़ियों की ओर बढ़ गए कि श्यामा को इसके अलावा और कोई गुंजाइश दिखाई नहीं दी कि सीढ़ियों पर रोशनी कर दी जाए।

दरवाजे की सांकल चढ़ाकर, श्यामा लौट आई। बोली, "खैर, ये बात तो सत्तार मियां ठीक ही कहते हैं, गुसांई, कि रोजगार हाथ से नहीं जाना चाहिए। कल को चारों तरफ से बदी मेरे सिर पड़ेगी। मैं तो कहती रही हूं कि ये तो एक सराय है, जब तब ठहरना हो गया।"

"अब इस वक्त तुम खामोश रहो, श्यामा! सत्तार मियां के कदमों की आवाज अभी तक मेरे कानों में बज रही है। मैं तो यहां तक डरने लगा हूं कि कहीं किसी दिन बाबू न आ धमकें। खैर, छोड़ो। देखेंगे। इस वक्त तो तू कोई प्यारी-सी गजल सुना देती।"

"बिना साज..."

"ना, इस वक्त साज की जरूरत ही नहीं। सिर्फ मैं सुनना चाहता हूं और चाहता हूं, और मेरे अलावा इस कमरे में टंगी तस्वीरें तक न सुनें।" कहते हुए

रेवाचरन सहारा लेकर, लेट गए, "खिड़की बन्द कर दो।"

श्यामा खाने के बारे में पूछ लेना चाहती थी, लेकिन रेवाचरन आंखें मूंदे हुए कुछ इतने उदास दिख रहे थे कि उसे लगा, साफ मना कर देंगे। पान का बीड़ा उसने धीरे से उनके होंठों की तरफ बढ़ा दिया और खिड़की के पल्ले बंद कर, कपड़े सलीके से समेटती, रेवाचरन के पांवों के पास बैठ गई। धीमे-धीमे पांव दबाते हुए, उसने गुनगुनाकर, धुन बांधने की कोशिश की और फिर निहायत संतुलित आवाज में बहादुर शाह 'जफर' की गजल शुरू कर दी :

"मुझे मत रोको, मुझे यार के घर जाने दो—
मिस्ले परवाना मुझे शमा पर जल जाने दो—
एक शबे-वस्ल से हम यार के महरूम रहे—
आज की शब तो ये अरमान निकल जाने दो।
नीम-विस्मिल मुझे क्यों छोड़ चले जाते हो—
अपने आशिक का जरा दम तो निकल जाने दो।"

रेवाचरन, शायद, सो चुके थे। फिर भी निहायत धीमी आवाज में 'जफर' की दूसरी गजल के ये बंद श्यामा गुनगुनाती गई:

"मुझको समझाएंगे आप, मेरे दिले-दीवाना को—
हजरते-नासेह से पूछिए किसे समझाएंगे आप।"

रेवाचरन को गहरी नींद में देखकर, श्यामा ने भी अपनी साड़ी उतारकर, खूंटो पर टांग दिया और उनकी बाईं ओर के खाली हिस्से में खुद भी लेट गई।

□ □